hanser**blau**

Anne Cathrine Bomann

ROSA

Roman

Aus dem Dänischen von
Franziska Hüther

hanserblau

Die dänische Originalausgabe erschien 2024 unter dem Titel *Akvariet* bei Lindhardt og Ringhof in Kopenhagen.

Das Motto auf S. 7 stammt aus Tranströmer, Tomas. *Für Lebende und Tote.* Übersetzt von Hanns Grössel. © 1993 Hanser, München.

Diese Ausgabe wurde gefördert von der Danish Arts Foundation.

Danish Arts
Foundation

1. Auflage 2024

ISBN 978-3-446-28154-7

Erscheint als digitales Hörbuch bei audible, gelesen von Nora Jokhosha.
Umschlag: FAVORITBUERO, München
Motiv: © Florilegius/Bridgeman Images
Satz im Verlag
Druck und Bindung: Friedrich Pustet, Regensburg
Printed in Germany

FSC
www.fsc.org
MIX
Papier | Fördert gute Waldnutzung
FSC® C014889

ROSA

Es saust in den Ohren von Tiefe oder Höhe.
Das ist der Druck von der andern Seite der Wand.
Tomas Tranströmer

Oktopus, schreibe ich, ich schreibe: Achtfuß. Von altgriechisch okto, acht, und pous, Fuß, aber normalerweise spricht man bei Tintenfischen von Armen, nicht von Füßen. Die Arme eines Oktopus können sich frei in alle Richtungen bewegen, mit tänzerischer Anmut. Die äußersten Saugnäpfe sind winzig klein, werden zur Mitte hin größer.

Inzwischen ist es Abend, vor mir türmen sich die Bücher. Mir läuft die Zeit davon. Deshalb blättere ich zu einer leeren Seite in meinem Notizbuch. Ich beginne zu schreiben, auf etwas zu, das ich noch nicht bereit bin zu begreifen. Ich schreibe: Mit ihren acht Armen gehören Oktopusse innerhalb der Tintenfische zu den Kraken (anders als Sepien und Kalmare, die über zehn Arme verfügen.) In Experimenten wurde festgestellt, dass ein Oktopus seine Arme mittels der Augen dirigieren kann. Es scheint jedoch ebenso natürlich für ihn, die Arme eigenständig umhertasten und Entscheidungen treffen zu lassen, zum Beispiel wenn er den Weg durch ein Labyrinth finden muss, und am schnellsten geht es, wenn beides gleichzeitig geschieht. In diesem Fall erfolgen offenbar zwei Arten von Kognitionen simultan: eine eher übergeordnete Kontrollfunktion, welche die Bewegungsrichtung mithilfe der Augen steuert, und ein lokaler Feinprozess in den Armen selbst.

Denn obwohl Kraken wie Menschen ein zentrales Gehirn besitzen, befindet sich der Großteil ihrer Neuronen in den Armen – tausende in jedem kleinen Saugnapf, mit denen sie physi-

kalische und chemische Signale aus der Umgebung analysieren können. Ein Oktopus kann mit den Armen schmecken und riechen. Er kann sich an Objekte erinnern, die er nie gesehen, nur berührt hat. Acht Arme, jeder davon zu einem gewissen Grad autonom, die einen Teil des Denkens (das Sammeln und Verarbeiten von Informationen, die Entscheidung für bestimmte Bewegungen und deren Ausführung) größtenteils unabhängig vom Gehirn vornehmen. Mit den Armen denken.

Wie die Welt einem solchen Wesen wohl erscheint? Wie fügt ein Oktopus die von den Armen gesammelten Eindrücke zusammen? Wann darf ein Arm sich selbstständig strecken, festhalten, zurückziehen? Die Kunst, einen Arm in den Raum zu werfen und zu schauen, was er sich einfallen lässt.

Während ich schreibe, bewegt sich meine Hand wie von selbst über das Papier. Schon viel zu oft hat mein Körper Dinge getan, die ich hinterher bereut habe, etwa wenn meine Zunge Ketten von Wörtern formte, die ich nie hätte sagen sollen. Verfügen meine Glieder nicht auch über einen gewissen Grad an Autonomie? Wer entscheidet, dass ich mir ein kitzelndes Haar aus der Stirn streiche, dass ich lächeln muss, wann immer ich dich sehe?

Und trotzdem ist da das konstante Gefühl, ich zu sein. Kann es etwas Vergleichbares in einem Gehirn geben, das sich auf acht Arme verteilt, jeder davon mit seinem eigenen Gespür für die Welt?

Ich notiere:

Das Gefühl eines einheitlichen Selbst mit gewissen Anteilen, die hin und wieder tun, was sie wollen?

Ein in neun verschiedene Teile gespaltenes Selbst?

Oder überhaupt kein Selbst?

Ich schreibe: Die Arme sind stark, von Millionen Neuronen durchzogen und können nachwachsen. Selbst ein abgetrennter Arm kann noch für kurze Zeit greifen, schmerzhafte Reize meiden, die Farbe wechseln. Ich sehe deine zierlichen Kringel vor mir, wie du die Spitzen luftschlangenartig einrollst, sie wieder langbläst. Kurz muss ich die Augen zukneifen.

Die dünne Spitze eines Oktopusarms, dein Arm, auf meiner Haut.

I

Montagmorgen stehe ich vor dem Oceaneum. Das Gebäude hat die Form eines Strudels, der die Besucher in die Tiefen des Ozeans hinabziehen soll, aber ich finde, es sieht eher aus wie ein gestrandeter Wal. Soweit ich weiß, standen bei den Planungen ästhetische Überlegungen im Vordergrund, erst hinterher hat man sich Gedanken darüber gemacht, wie die Tiere hineinpassen sollen. Das sagt eigentlich alles.

Vor mir ist der Eingang, ich muss bloß einen Fuß vor den anderen setzen, aber ich rühre mich nicht. Sie Sonne fällt auf meine rechte Gesichtshälfte, die wärmer ist als die linke. Mein Handy vibriert.

»Bist du drin?«, fragt Maiken, ihre Stimme klingt schlaftrunken. Sie hatte gestern Spätschicht und liegt bestimmt noch im Bett.

»Noch nicht. Vielleicht gehe ich lieber wieder nach Hause.« Ich drehe mich mit dem Rücken zum Wind, der vom Øresund heranrollt. Sollen sie mich halt sanktionieren, mir doch egal. Würde es einen Job geben, der mir Spaß macht, hätte ich ihn wohl schon gefunden.

»Red keinen Quatsch.« Sie spricht in diesem Ton, der keinen Widerspruch duldet. »Du gehst jetzt durch die Tür, und dann rufst du mich an, wenn du heute Nachmittag wieder rauskommst. Okay?«

»Okay.«

Ich schaue auf die Uhr, Punkt neun. Es ist Zeit.

»Herzlich willkommen.«

Der Mann am Empfang trägt eine gelbe Hose, das fällt mir als Erstes auf. Er stellt sich als Johannes vor, und als er mir die Hand reicht, spüre ich, dass es eine Einladung ist. Dass diese Hand über etwas hinübergreift, um mich in ein Universum zu heben, das ich absolut nicht betreten möchte.

»Ich bin dein Mentor hier«, sagt er. »Und werde aufpassen, dass du nicht untergehst vor lauter neuen Aufgaben.«

Er hat so ein Gesicht, das in keiner Weise zu erkennen gibt, ob er scherzt. Ich lächle vorsichtshalber, aber nicht zu sehr; kein Grund, ihn glauben zu lassen, ich wäre jemand, der ich nicht bin.

»Und du warst echt noch nie hier?«, erkundigt er sich, während er mich in eine große Halle und durch eine kaum sichtbare Tür in der blauen Wand führt, woraufhin wir uns plötzlich auf der Rückseite des Aquariums befinden. »Du wohnst hier in der Stadt und warst noch nie im Oceaneum?«

»Ich interessier mich nicht so für Fische«, antworte ich. Um uns herum surrt und brummt das riesige Wasserpumpensystem, wodurch ich das Gefühl habe, tief im Bauch der Maschine zu stehen, die alles am Laufen hält. »Ich esse nicht mal Fisch.«

Da stehen wir also in diesem unterirdischen, feuchten Reich, wo ich Gefahr laufe, die nächsten sechs Monate meines Lebens zu versauern. Hier auf der Rückseite gibt es keine Fenster und somit kein natürliches Licht, und irgendwie fühle ich mich durch die Art, wie der Bereich vor den unwissenden Blicken der Leute auf der anderen Seite verborgen ist, merkwürdig entrückt.

»Der Großteil der Arbeit findet hier hinten statt«, informiert mich Johannes.

Während er mich herumführt, erklärt er mir die in jedem Bereich anfallenden Aufgaben. Er zeigt mir die Garderobe, die Toiletten und einen lang gestreckten Raum mit Glastanks zu beiden Seiten, aber ich verliere mehrfach den Überblick. Ich kenne Typen wie ihn, ich bin ihnen im Jobcenter begegnet, habe sie zum Chef gehabt. Diese Leute, die nicht nur einer anderen Generation angehören, sondern in einer vollkommen anderen Welt leben und ihrer Arbeit derart sisyphusartig nachgehen, dass sie den Blick für alles andere verlieren. Daran muss ich unwillkürlich denken, während Johannes mir alles zeigt, als wäre das Oceaneum seine Idee gewesen und das, was er hier tut, tatsächlich von Bedeutung.

»Dein Arbeitstag beginnt hier, jedenfalls in den ersten Wochen.«

Er führt mich in einen Raum mit Metalltischen und einer Wand voller Kühlschränke, die Luft ist klamm und kalt. Hier nehmen sie anscheinend die ganzen toten Fische aus, die den glücklichen Auserwählten, die am Leben bleiben dürfen, als Futter dienen.

»Ich zeig dir morgen, wie man das macht«, sagt Johannes. »Jetzt geht's erst mal darum, dass du einen Überblick kriegst.«

Mir ist es sehr recht, wenn wir das mit dem Fischezerlegen verschieben, ehrlich gesagt bezweifle ich nämlich, dass ich das überhaupt fertigbringe. Seit ich Maiken vor fast zehn Jahren kennengelernt habe, bin ich Vegetarierin, und schon vorher konnte ich nicht hinsehen, wenn meine Mutter ein Huhn der Länge nach aufschnitt oder einen Fisch öffnete wie ein Buch.

Wir bewegen uns weiter durch das Labyrinth hinter der Kulisse, die die Besucher erleben. Hin und wieder treffen wir auf andere Mitarbeiterinnen und Mitarbeiter, die Johannes mir vorstellt und deren Namen ich gleich wieder vergesse. Tierpflegerinnen und Tierpfleger, Pädagoginnen und Pädagogen, eine Köchin. Mich stellt er als »Vigga, unsere neue Azubi« vor, eine Bezeichnung, die mich meiner Meinung nach jünger und motivierter klingen lässt, als ich es bin.

Zum Schluss zeigt er mir einen Putzraum und redet von den Unterschieden zwischen kalten und warmen Aquarien mit und ohne Salz, und ich höre ihm gerade genug zu, um nicht versehentlich irgendetwas kaputt zu machen. Dass ich hier arbeiten soll, war nicht meine Idee, das hat sich der Typ mit der hohen Stirn – ich nenne ihn Eierstirn – vom Jobcenter ausgedacht. Ich bin nicht hier, um einen guten Eindruck zu machen. Außerdem stimmt, was ich vorhin gesagt habe. Fische sind nicht so meins.

Als ich am Nachmittag nach Hause komme, esse ich gebratenes Gemüse von gestern und falle aufs Bett, Arme und Beine von mir gestreckt wie einer der schlappen Seesterne vorhin im Streichelbecken. Querschnitte von durch Glas begrenztes Wasser flimmern hinter meinen Lidern. Ich bin so kaputt, dass ich es nicht mal schaffe, Maiken anzurufen.

Am nächsten Morgen fahre ich eine Stunde früher mit der Metro und bin schon um acht da, wieder wartet Johannes am Eingang auf mich. In derselben gelben Hose.

»Nimm dir eine nach dem anderen vor.« Er zeigt auf die Boxen mit gefrorenen Meerestieren. Wir stehen wieder in der Futterküche. »Sie müssen gewogen und verteilt werden, hier siehst du alles.«

An einer Pinnwand hängt ein Plan, auf dem steht, wer welches Futter bekommt. Montag acht gefrorene Würfel mit Leuchtgarnelen für die Stichlinge zum Beispiel, fünf kleine Tintenfische für die Piranhas. Alles muss sorgfältig gesäubert, ausgenommen und mit der großen Waage gewogen werden. Johannes zeigt mir wie. »Wenn die Bewohner des Oceaneums etwas Falsches zu fressen bekommen«, erklärt er, »können sie krank werden oder im schlimmsten Fall sterben.« Mein Eindruck ist, er nimmt den Plan ein bisschen übertrieben genau.

Das Ganze ist zwar widerlich, scheint aber relativ einfach. So ist es meistens, wenn ich an einen neuen Arbeitsplatz komme; es sind selten die konkreten Aufgaben, die mir Schwierigkeiten bereiten, es ist etwas Größeres, die Frage, warum wir sie überhaupt ausführen sollen.

»Und zum Schluss da in den Eimer.« Johannes deutet darauf.

Auch wenn einem bei den ganzen toten Tieren eigentlich nur schlecht werden kann, folge ich seiner Anweisung. Wenigstens muss ich sie nicht selbst töten – hoffe ich jedenfalls. Ich würde mich weigern.

Johannes arbeitet schnell. Der Rhythmus ist ihm in Fleisch und Blut übergegangen, keine Bewegung ist zu viel. Was man von mir weniger behaupten kann. Ich schneide erfolgreich die Schwanzflosse einer Makrele ab, aber als ich den Fisch aufs Brett drücke, um genug Halt zu haben, steche ich ihm versehentlich den Zeigefinger ins Auge. Rasch ziehe ich die Hand weg, doch Johannes wirft nur einen knappen Blick auf meinen abgespreizten, blutverschmierten Finger, an dem jetzt der Rest des Auges klebt.

»Daran gewöhnst du dich«, meint er und trennt mit einem präzisen Schnitt den Kopf seines Herings ab. »Dann gehst du anders mit ihnen um.«

Ich schaue auf das tote Tier vor mir, auf die lädierte Augenhöhle, durch die der Fisch noch blinder aussieht als vorher schon. Das hier dürfte so ziemlich das Letzte sein, woran ich mich gewöhnen möchte.

»Na, wie ist das Leben im Fischgefängnis?«

Maiken und ich liegen auf meinem Sofa, die Beine ineinander verschlungen, die Köpfe jeweils auf einer der Armlehnen. Es ist Donnerstag, die erste Arbeitswoche ist fast um.

»Im Aquarium«, verbessere ich sie, denn so habe ich das Oceaneum für mich umgetauft. Mehr Glaswände, weniger Meer. »Im Moment zerlege ich hauptsächlich tote Tiere.«

Maiken verzieht das Gesicht und stupst meine Knie an, sodass unsere Beine hin- und herschaukeln.

»Klingt ja eklig. Aber immer noch besser als die Wäscherei, oder?«

»Auf jeden Fall besser, als vom Jobcenter ›ermuntert‹ zu werden.« Ich male Gänsefüßchen in die Luft. »Ich gebe dem Ganzen ein paar Wochen, dann kann niemand sagen, ich hätte es nicht versucht.«

Ich könnte ihr erzählen, dass Johannes immer noch der Einzige ist, mit dem ich bisher richtig gesprochen habe, oder wie fehl am Platz ich mir in den Pausen vorkomme, aber mir ist nicht danach. Es gibt so vieles, was man sich nicht erzählt, nicht mal den Menschen, die einem am nächsten stehen. Außerdem: Das Gefühl, nicht dazuzugehören, ist für mich wie Atmen: trivial, konstant, nicht der Rede wert.

Ein paar Monate, nachdem Maiken und ich uns an der Fachoberschule kennengelernt hatten, fragte sie mich, was ich eigentlich gegen die anderen in unserer Klasse hätte. Die Frage überraschte mich, so sah ich das gar nicht. Ich antwortete ihr, das Problem sei eher, dass ich nicht wisse, was ich mit ihnen reden soll. Dass ich mich in Gesellschaft von anderen meistens total unwohl fühle. Wir saßen auf einer Bank hinter der Schule, Maiken wollte rauchen und ich hatte sie begleitet.

»Aber warum?«, fragte sie, ehrlich verwirrt. Und obwohl ich versuchte, es ihr zu erklären, merkte ich schnell, dass sie es nicht verstand, nicht wirklich. Sie ist auf eine Art normal und mit sich im Reinen, die sie das Beste in den Leuten sehen lässt und umgekehrt dazu führt, dass sie von fast allen gemocht wird. Das erzeugt eine perfekte selbsterfüllende Prophezeiung. Und wie soll man jemandem eine Distanz beschreiben, die er nie erfahren hat?

Jetzt, hier in meinem Wohnzimmer in Kopenhagen Nørrebro, holt Maiken dieselben Zigaretten aus der Tasche wie damals, Dark Blue, und setzt sich auf ihren Platz auf der Fensterbank. Die Beine angewinkelt, das Fenster einen Spaltbreit geöffnet. Die Glut leuchtet im Halbdunkel, sie schaut mich mit zusammengekniffenen Augen an.

»Aber stell dir mal vor, du würdest etwas finden, was dir Spaß macht.«

Sie hat bestimmt recht. Das sollte ich anstreben. Die Sache ist nur, dass ich – außer Zeit mit Maiken zu verbringen – nie etwas gefunden habe, woran mir wirklich etwas liegt.

»So wichtig ist das auch nicht«, wehre ich ab und schenke mir den letzten Schluck Wein ein. »Ist ja nur ein Job.«

Ich kann gar nicht genau sagen, wie es dazu kam, dass ich so einen Rattenschwanz an fehlgeschlagenen Arbeitsverhältnissen hinter mir herziehe. Es hat sich einfach so ergeben. Am längsten hatte ich den Job als Aushilfe in einer betreuten Wohngruppe, der hat mir teilweise sogar Spaß gemacht. Aber nach den letzten Umstrukturierungsmaßnahmen verbrachten die Festangestellten mehr Zeit damit, hinter verschlossenen Türen Papierkram zu erledigen, als sich um die Bewohner zu kümmern. Und als ich das zum dritten Mal ansprach, bestellte mich die Heimleiterin zum Gespräch.

»Ich glaube, die Arbeit hier ist nichts für dich«, sagte sie. »Es wäre besser, wenn du dir etwas anderes suchst.«

In der Industriewäscherei, wo ich davor gearbeitet hatte, bestand ein Teil der Erniedrigung darin, zehnmal pro Stunde von Wagen voller getrockneter Wäsche angerempelt zu werden. Meine Tage mit den knittrigen Krankenhauskitteln und der Bettwäsche zusammenzufalten, zu stapeln und wieder wegzuschieben. Bitte schön, hier ist dein Leben. Wir wussten alle, dass dies nur eine Zwischenstation sein durfte. Manche bekamen einfach schneller die Kurve als andere. Ich hielt einen Monat durch.

Gegen Mitternacht schaltet Maiken einen der alten

Schwarzweißfilme ein, die ihr das Gefühl geben, tiefgründig zu sein, und sie unverständliche Dinge auf Französisch sagen lassen. Sie hat die Sprache nie gelernt, ist aber überzeugt, in einem früheren Leben in Paris gewohnt zu haben. Ich mache den Fehler, Decken aufs Sofa zu holen, und als um fünf vor sieben der Wecker klingelt, liege ich noch immer in den Klamotten von gestern dort und wache mit einem pelzigen Belag auf den Zähnen auf. Maiken liegt zusammengerollt auf der Chaiselongue. Sie ist auch aufgewacht, muss aber erst später zur Arbeit in der Wohngruppe, weshalb sie nur aufsteht, um an mir vorbei ins Bett zu wanken und weiterzuschlafen.

»Ich glaube, mein Tinnitus ist schlimmer geworden«, murmelt sie, während ich mir ein Oberteil über den Kopf ziehe. »Hier klingelt es wie irre.«

»Denkst du dran, abzuschließen, wenn du gehst?«, sage ich.

Beim letzten Mal hat sie es vergessen, und auch wenn es bei mir nichts zu stehlen gibt, ist mir unwohl beim Gedanken, meine Wohnung über einen ganzen Tag hinweg so zurückgelassen zu wissen, offen und verwundbar.

Maiken hebt die Hand und winkt mir mit kleinen, verquollenen Augen.

Ich bringe den letzten Tag der ersten Woche im Aquarium hinter mich. Die Müdigkeit klebt an mir, und das Einzige, woran ich denke, während ich Böden wische und Schwimmflossen aufhänge, ist der Feierabend. Johannes gibt sich alle Mühe, mich zu motivieren.

»Du weißt ja, die können um die Ecke gucken«, sagt er und knufft mich, als wären wir Zeugen eines Wunders. Wir stehen bei den Barschen, Johannes' gelbe Hose leuchtet, seine Haare wippen wie Seetang vor lauter Begeisterung. Er hat eine besondere Art, die Dinge zu sagen, als würde er mir etwas ins Gedächtnis rufen, was uns beiden bekannt ist. Ein althergebrachtes Wissen, das er hervorholt und mit einem Pusten vom Staub befreit.

Dieses Mal erzählt er irgendwas vom weitwinkligen Sehbereich von Fischen und der Brechung des Lichts im Wasser. Ich schaue auf die gestreiften Fische und weiß nicht so recht, was ich davon halten soll. Mich beschäftigt mehr Johannes' knallige Hose, sie erinnert mich an irgendwas. An Matschhosen auf dem Spielplatz im Kindergarten vielleicht, an Bagger und das Gefühl, in einem Sandkasten zu sitzen und davon überzeugt zu sein, der Haufen vor mir wäre mein Schloss.

Aber als es endlich vier wird und ich Feierabend habe, ist das Wochenende nichts als geballte leere Zeit. Ich habe keinerlei Pläne. Maiken, mit der ich normalerweise mindestens einen der beiden Tage verbringe, fährt mit ihrem Freund Daniel zu seiner Familie nach Odense und gibt sich alle Mühe, so zu klingen, als sei sie gezwungen mitzukommen.

Jetzt hör auf, schreibe ich zurück. *Ich weiß doch, wie gern du dort bist.*

Also versuche ich mein Wochenende mit Tätigkeiten zu füllen, mit denen man sein Leben eben so zubringen kann: Ich wasche Wäsche. Schaue eine Serie über Tschernobyl, die ich schon zweimal gesehen habe, bei der ich aber noch immer an denselben Stellen heulen muss. Hänge die Wäsche auf. Stelle mich lange unter die heiße Dusche und entdecke den Fisch, den Maiken mir anscheinend gestern, bevor sie gegangen ist, auf den Spiegel gemalt hat.

Irgendwann klappe ich meinen Laptop auf, denn auch wenn ich nicht vorhabe, länger als unbedingt nötig im Aquarium zu bleiben, wüsste ich über ein paar Dinge gern besser Bescheid. Speerfischen zum Beispiel, ein Begriff, der in der Mittagspause immer wieder fällt.

Das erste Suchergebnis zeigt einen Mann im Taucheranzug mit beklommener Miene. *Es gibt zwei Arten von Speerfischern*, steht oben in der linken Ecke des Bildes. *Die, die in den Anzug pinkeln* … Mein Blick sucht automatisch nach der Punchline in der rechten unteren Ecke: … *und die, die sagen, sie tun es nicht.*

Ich versuche mir Johannes und diesen breitschultrigen Typen, der sich um die Haie kümmert, im Taucheranzug vorzustellen, in fünf Metern Tiefe, die Harpune im Anschlag, als sich ein dringendes Bedürfnis meldet. Der Fisch, den sie die letzte halbe Stunde gejagt haben, wird jeden Moment im Algenwald verschwinden und wäre für immer verloren, wenn sie jetzt auftauchen. Ich rümpfe die Nase und scrolle weiter, mein Blick streift das Bild eines Mannes, der stolz auf sechs großen Fischen liegt. Speerfischen. Sehr merkwürdiges Hobby.

Am Sonntag pflücke ich meine steife, frisch gewaschene Wäsche von der Leine und lege sie in den Schrank mit der schiefen Tür, die nicht schließt, seit Oskar mich damals so hart dagegen gestoßen hat, dass es mir die Luft nahm. Keine Ahnung, warum ich diesen Schrank immer noch habe.

Anfangs schließe ich mich meinen neuen Kollegen jeden Tag um halb zwölf zum Mittagessen im Pausenraum an. Wie immer überrage ich die meisten, wie immer habe ich das Gefühl, zu einer anderen Spezies zu gehören, wenn sie sich über ihre Kinder und Kredite und ihre Wochenendaktivitäten unterhalten. Um mich an solchen Gesprächen zu beteiligen, müsste ich mich derart verstellen, dass ich es erst gar nicht versuche.

Eines Mittwochvormittags steche ich mich fast an einem Petermännchen, das sich in einem der Aquarien, die ich säubern muss, im Sand versteckt hat, und obwohl ich Handschuhe trage und nichts passiert, bin ich besonders mies gelaunt, als ich mich zu den anderen an den langen Tisch setze.

Auf dem Teller mir gegenüber liegt ein paniertes Fischfilet auf einer Scheibe Roggenbrot, und ein Mann mit Vollbart – ich glaube der, der für die Seeotter zuständig ist – beschmiert es gerade mit Remoulade. Auf einmal kommt mir das Ganze komplett aberwitzig vor; da sitzt er hier in einem Gebäude voller Fische, für deren Wohlergehen er tagtäglich sorgt, vor diesem trockenen, toten Stück Fleisch, das er sorgfältig auf seinem Brot drapiert hat.

»Hast du den mitgebracht?«, frage ich.

Er hebt den Blick. Die anderen am Tisch verstummen, wahrscheinlich weil sie mich zum ersten Mal unaufgefordert sprechen hören.

»Wieso? Glaubst du, ich habe ihn mir aus dem Becken geangelt?«

Einige der anderen lachen, und es wäre sicher gut, würde ich mitlachen, mich ein bisschen lockermachen, dem Mann eine Chance geben. Stattdessen zucke ich mit den Achseln, um ihm zu bedeuten, dass ich ja wohl schlecht wissen kann, wo er seine Fische herhat.

»Scholle?«, frage ich, und seine belustigte Miene weicht einem Ausdruck von Ekel.

»Köhler«, erwidert er. Dann säbelt er ein großes Stück ab und führt die Gabel zum Mund.

Das restliche Essen über richtet niemand mehr das Wort an mich, was mir eigentlich nur recht ist. Trotzdem habe ich wie so oft das Gefühl, dass ich irgendetwas nicht verstanden habe. Nicht nur hier am Tisch, sondern ganz allgemein, und könnte ich nur die richtige Frage formulieren, was genau es ist, oder käme jemand auf die Idee, es mir zu erklären, wäre alles anders.

Nur – hofft man nicht immer, dass man durch irgendeine Kleinigkeit auf magische Weise alles verändern kann? Indem man ein bestimmtes Wort etwas anders betont, einmal tief durchatmet? Und ist es nicht so, jedenfalls bei mir, dass diese Dinge nie funktionieren?

Sobald ich den letzten Bissen runtergeschluckt habe, stehe ich auf. Ich werde nicht noch mal in diesem Raum essen, so viel steht fest.

»Massierst du mich?«

Maiken legt ihre rosa Muschelfüße in meinen Schoß. Sie seufzt vor Wohlbehagen, während ich kreisend die Daumen bewege. Jedes Mal wenn ich sie wegnehme, bleibt eine kleine Delle in ihrer Haut zurück, die nur langsam wieder verschwindet.

»Ich glaube, nächstes Weihnachten fahre ich weg«, sage ich. »Magst du mit?«

»Weg? Wohin denn?« Maiken hat die Augen geschlossen, ihre Stimme klingt fern.

»Keine Ahnung, einfach irgendwohin. Ich hab keine Lust mehr auf Weihnachten, irgendwann reicht's auch.«

Maiken lächelt, aber ich meine es ernst. Nicht weil mich eine ganz bestimmte Sache an Weihnachten nervt, es ist alles zusammen; der Gedanke an ein weiteres Abendessen bestehend aus Salzkartoffeln und Rotkraut aus der Dose, weil ich ja »Fleischverweigerin« geworden bin, wie meine Tante es nennt, und ihr nichts Neues ins Haus kommt. Das vorhersehbare Ereifern meiner Familie über aktuelle gesellschaftliche Tendenzen – sämtliche Tendenzen. Und dann noch – wurde mir klar, als wir dort vor einem knappen Monat verkrampft im Wohnzimmer beisammenstanden – das simple Unbehagen dabei, in einem Zimmer voller Menschen zu sein, deren Hand ich nicht mal die paar Minuten, die wir um den Baum tanzen, halten will.

Einmal, irgendwann zwischen Hauptgericht und Nachtisch, bekam ich mit, wie meine Tante meinen Vater fragte, was ich denn eigentlich hätte. Warum ich immer so anti sei?

Sie standen in der Küche, ich kam an der Tür vorbei und sah flüchtig das Gesicht meines Vaters, als er antwortete, ich sei einfach nicht so sozial veranlagt. Seine Miene war vollkommen unbewegt, beinahe desinteressiert.

»Klingt gut, Süße, aber bis dahin ist es fast noch ein ganzes Jahr hin«, murmelt Maiken und schiebt ihre Ferse in meine Hand. »Wir schauen mal, ja?«

Später, nachdem wir gegessen haben, was Daniel vom Restaurant mitgebracht hat, gehe ich in den Flur, um mir die Schuhe anzuziehen. Maiken begleitet mich. Sie lehnt sich schwer an mich und hält mich so lange umarmt, dass ich schließlich frage, ob sie eingeschlafen ist.

»Noch nicht, aber fast.«

Sie richtet sich mit einem langen, ächzenden Seufzer auf, bei dem ich an Bergketten und losbrechende Lawinen denken muss.

»Ich bin so müde in letzter Zeit, keine Ahnung, warum.«

Ich gebe ihr einen Kuss auf die Wange, ihre Augen sind immer noch geschlossen.

»Geh ins Bett. Wir sehen uns bald.«

Dann radle ich in die einbrechende Dunkelheit, die verwässert, als ich auf die erleuchteten Straßen der Stadt treffe.

Meine Hand krampft. Ich beuge und strecke meine steifen Finger, so viel habe ich schon ewig nicht mehr geschrieben, aber ich habe das Gefühl, es muss sein. Ich glaube, ich nähere mich etwas, nur bin ich immer noch nicht imstande, direkt hinzusehen.

Ich schlage ein weiteres Buch aus dem Stapel auf und blättere. Ich schreibe: Wie andere Tintenfische auch haben Oktopusse Chromatophoren in der Haut, Pigmentzellen, die verschiedene Farben hervortreten lassen, indem sie sich weiten oder zusammenziehen. Darunter befinden sich zwei weitere Schichten, die wie kleine Spiegel das Licht reflektieren und ebenfalls die Farbgebung beeinflussen. Vor meinem inneren Auge sehe ich einen Wechsel von hellen zu dunkleren Flecken über den Körper des Oktopus fließen. Komplexe Muster aus Streifen und Punkten, die sich binnen Millisekunden ändern.

Auch die Hautoberfläche ist wandelbar. Ein lebender Oktopus ist meistens glatt, beinahe seidig, aber indem er seine Muskelfasern umordnet, kann die Struktur von einem Moment auf den anderen rau, noppig oder sogar stachelig werden. Auf diese Weise, durch die Änderung von Farbe und Textur eines ohnehin elastischen, in alle Richtungen beweglichen Körpers, kann das Tier von Seegras bis hin zu Korallen praktisch jegliches Aussehen annehmen. Der Kopf und der Rest des Körpers, der von einem Hautmantel umhüllt ist, bilden den weichsten Teil. Wenn man ihn mit der Handfläche berührt, fühlt er sich an wie eine mit Luft gefüllte Tüte.

Man hat verschiedene Gründe für das wechselnde Erscheinungsbild von Tintenfischen ausgemacht.

Tarnung: Aufmerksamkeit vermeiden und mit der Umgebung verschmelzen.

Kommunikation: das Bemühen, von anderen gesehen und auf eine bestimmte Weise wahrgenommen zu werden, beispielsweise bei der Paarung oder um Rivalen abzuschrecken.

Und schließlich: die Explosion aus Farben und Mustern, die manchmal zu sehen ist, wenn ein Oktopus vor einem Raubtier flieht. Hier dienen die Farben vermutlich dazu, den Jäger zu verwirren.

Und dann sind da noch die Veränderungen, die offenbar nichts mit der äußeren Umgebung zu tun haben, sondern eher eine Art expressives Abbild vom Innenleben des Oktopus darstellen. Allein dasitzen und die Stirn runzeln, leise über einen Gedanken glucksen. Auf der Haut zeigen, was im Inneren vorgeht.

Manchmal ändern Kraken Farbe und Beschaffenheit ihrer Haut, während sie schlafen. Einigen Wissenschaftlern zufolge ist das vergleichbar damit, wenn Menschen im Schlaf reden. Dass einen der Körper auf diese Weise beim Schlafen verrät, sein Innerstes nach außen kehrt. Dass sich ein Oktopus hinter den geschlossenen Augen mitten in einer nervenaufreibenden Jagd oder einem Kampf befindet und die ihn durchwogenden Farben uns, die zusehen, mitträumen lassen.

Ich habe es mit eigenen Augen gesehen, habe gesehen, wie deine Träume dein Erscheinungsbild prägen. Sollte ich heute Nacht noch zum Schlafen kommen, träume ich hoffentlich von dir.

2

Immer mal wieder fragt mich jemand von den Mitarbeitern, ob ich Lust habe, zu einer der Führungen im vorderen Bereich mitzukommen. Da gibt es das Streichelbecken, wo die Kinder Seesterne und Muscheln anfassen und die Krabben aus der Nähe betrachten können, und täglich ein Programm mit Angeboten wie Training der Seeotter, Fütterung bei den Aquarien oder Kurzvorträgen über das Leben im Meer.

»Du brauchst nichts zu sagen«, verspricht Alex, einer der Tierpfleger, »du kannst einfach zuschauen.«

Anscheinend hatten sie schon früher Praktikanten und Leute wie mich, bei denen das Jobcenter einen Lohnkostenzuschuss zahlt, die Eimer und Plastikhandschuhe liebend gern gegen einen Auftritt in der Manege getauscht haben.

»Hinten ist es ja nicht sehr abwechslungsreich.«

Alex sieht mich aufmunternd an, aber ich schüttle den Kopf.

»Nein danke.« Ich bin eher so jemand, der in sein Zimmer geht, wenn Gäste kommen.

Natürlich hat er recht, ein bisschen Abwechslung wäre schön, aber nicht um jeden Preis. Würde ich mich zusammen mit ihm vor eines der Becken stellen, käme ich mir vor wie eine Repräsentantin des Aquariums. Als würde ich das Konzept Tiere in Käfigen befürworten.

Außerdem wäre ich damit nur wieder einmal einer Situation ausgesetzt, in der ich nichts beitragen kann. Für mich sind alle Fische gleich, hübsch bunt, mehr weiß ich nicht über sie und würde bloß dumm neben Alex rumstehen, während er erzählt. Und dann gibt es noch einen dritten Grund, nämlich wie komplett egal mir die Leute sind, die ins Aquarium kommen. Die lärmenden Kinder, die schwitzenden, umherzeigenden Erwachsenen, warum sollte ich meine Zeit mit ihnen verschwenden? Der Umstand, dass ihr Geld diesen Laden am Laufen hält, ist von meiner Warte aus kein Plus, und nichts davon betrifft mich wirklich. Ich bin selbst nur zu Besuch hier.

Deshalb lehne ich jedes Mal ab, wenn ich gefragt werde, und das hat Johannes bisher akzeptiert. Manchmal meine ich ihn seufzen zu hören, aber weder er noch ich vertiefen das Thema.

»Dann komm du mit mir«, sagt er nur. Normalerweise eigne ich mir Dinge lieber selbst an, aber hier im Aquarium gilt Meisterlehre. »Hier stehen Leben auf dem Spiel«, betont Johannes, und solange er sich nicht zu einhundert Prozent sicher ist, dass ich seine Tiere nicht umbringe, soll ich mich an ihm orientieren. Zum Glück belastet mich das weniger als befürchtet. Vieles, was anderen leichtfällt, ist für mich ein Ding der Unmöglichkeit, darunter die Kunst, das dunkle Wabern in meinem Kopf in Worte umzuformen, die andere verstehen können. Deshalb ist jede Art von sozialem Umgang in der Regel anstrengend für mich, aber aus irgendeinem Grund ist es mit Johannes nicht so schlimm. Er strahlt eine Ruhe aus, die es einfacher macht. Er behandelt mich nicht, als wäre ich dumm, und vor allem gibt es immer etwas zu tun, auf das wir uns konzentrieren müssen. Jeden Tag bringt er mir etwas Neues über die Tiere bei oder erklärt mir, wie die Reinigungsanlagen und Luftausströmersteine funktionieren.

»Hast du dir mal überlegt, warum Fische nie zusammenstoßen, selbst wenn so viele eng beisammen schwimmen?«, fragt er mich zum Beispiel. Und natürlich habe ich darüber noch nie nachgedacht, aber jetzt, da er es erwähnt, wüsste ich trotzdem gern die Antwort.

»Die haben hier so winzig kleine Löcher«, er streicht dem goldenen Karpfen, den er in der Hand hält, mit dem Zeigefinger über die Seite, »dadurch spüren sie die Druckwellen der anderen Fische im Schwarm und können entsprechend reagieren, ehe etwas passiert.« Er lässt den Fisch wieder los, und im nächsten Moment ist er zwischen den anderen im Tank nicht mehr zu erkennen.

Manchmal hake ich nach, andere Male nicke ich nur, und wenn Johannes merkt, dass ich nicht mehr kann, lässt er mich irgendeine Routinearbeit machen und geht. Das ist eine gute Eigenschaft, finde ich. Wissen, wann man gehen sollte.

Inzwischen esse ich mittags auf der Terrasse oder, bei schlechtem Wetter, in einem leeren Besprechungsraum. Das Zusammentreffen mit meinen neuen Kollegen im Aquarium lässt mich mal wieder über die alte Frage »Was ist Wahrheit« nachdenken, mit der ich mich früher viel beschäftigt habe. Nicht aus wissenschaftlicher oder philosophischer Perspektive, sondern eher im Sinne von Wahrheit als Gegenteil von Sich-Verstellen. Vielleicht trifft Ehrlichkeit es besser. Damals habe ich jedenfalls viel darüber nachgedacht, ob anderen auch alles sinnlos vorkommt, ob sie im selben Theaterstück mitspielen wie ich und ob sie es in dem Fall zugeben würden, wenn ich sie frage. Wie befreiend es wäre, wenn wir alle unsere Gesichtsmuskeln entspannen, lang ausatmen und vielleicht sogar ein bisschen darüber lachen könnten, wie sehr wir uns angestrengt haben. *Ach, du hast auch nur so getan, als ob? Und ich dachte, ich wäre die Einzige!*

Als ich Maiken ein Jahr kannte, versuchte ich mit ihr darüber zu reden, dabei hätte ich es besser wissen sollen. Ich fragte sie, ob sie auch das Gefühl habe, dass wir uns im Grunde alle verstellen.

»Manchmal vielleicht«, antwortete sie und steckte sich eine Zigarette an, damals rauchte sie mehr. »Aber dann gibt es ja zum Glück Leute, mit denen man total man selbst sein kann.«

Man selbst? Das war natürlich lieb von ihr gemeint, und ich fühlte mich ja auch überraschend wohl in ihrer Gesellschaft. Aber was Maiken meinte, war, dass manche Leute oberflächlich wirken oder zu sehr auf ihre Außenwirkung bedacht. Was ich meinte, war, dass alles bloß Lüge ist.

Inzwischen denke ich seltener über diese Dinge nach, aber irgendetwas an der Arbeit im Aquarium, vielleicht der Unterschied zwischen der polierten Vorderseite und der lauten, stinkenden Rückseite, der Vorfall im Pausenraum, haben diese Themen wieder hervorgeholt. Und ich bin mir immer noch nicht sicher, was schlimmer wäre: dass die meisten Menschen, denen ich bisher in meinem Leben begegnet bin, alle anderen täuschen, nur so tun, als wäre das Leben leicht und als wären sie wirklich die Person, die sie vorgeben zu sein; dass wirklich alles nur Theater ist, so wie ich schon lange vermute. Oder aber, dass sie *nicht* schauspielern und das, worüber ich sie beim Mittagessen oder hinter mir im Bus sprechen höre, dieses sinnentleerte Gerede das manchmal auch aus meinem Mund strömt, wirklich alles ist.

Auch wenn ich inzwischen seit drei Wochen im Aquarium arbeite, ist der Kontrast zwischen Vorder- und Rückseite immer noch so krass, dass ich es kaum glauben kann. Weiches Licht, das mich umhüllt, wenn ich morgens schläfrig zur Arbeit komme, trockene Böden und klimatisierte, geruchsneutrale Luft vorn im Besucherteil für die Touristen und Schulklassen. Sobald ich aber durch eine der blauen Türen trete: die Kehrseite mit ihren mechanischen Lungen, die Wasser einsaugen, reinigen und wieder zurückblasen in eine Art Paralleluniversum voll von allem, was stinkt und dröhnt und die Hände rot färbt vor Kälte.

Gleichzeitig habe ich das Gefühl, dass wir hier im hinteren Bereich gerade wegen der uns umgebenden Hässlichkeit ehrlicher sind als die da vorn. Denn, so viel habe ich verstanden, Sinn des Oceaneums ist es nicht, die Dinge zu zeigen, wie sie wirklich sind, sondern eine Illusion zu erschaffen, mit der alle leben können. Ein Bild der Unterwasserwelt, das sowohl interessant als auch zivilisiert genug ist, dass die Besucher es ertragen. Sie bezahlen nicht dafür, die Tiere leiden zu sehen, und deshalb werden Krankheit und Tod und alles andere, woran niemand denken möchte, hier auf der Rückseite versteckt, so wie man beim Stricken die Fadenenden auf der Rückseite des Strickteils versteckt. Hier gibt es

Tanks mit verletzten Tieren unter Beobachtung, Fische, die auf ein neues Zuhause warten, und halbfertige Projekte, die noch nicht reif fürs Tageslicht sind. Johannes hat mir alles gezeigt, das alles macht ihn – unfassbarerweise – nicht im Geringsten betreten.

Und man denkt vielleicht, so wie ich anfangs, dass das Seegras, das man in Aquarien sieht, dort wächst. Vielleicht denkt man das, weil man sich wünscht, es wäre wahr. Aber das ist es nicht. Entweder ist es aus Plastik oder aus dem Meer gezogen, wo einige Arten tatsächlich immer noch leben können, und in den Tanks zu einer Art Stillleben arrangiert. Dort hält es maximal eine Woche, dann wird es rausgeholt und weggeschmissen, woraufhin Elza oder Emmanuel oder jemand anders mit Sinn für Ästhetik in den Taucheranzug schlüpft, hinuntertaucht und neu dekoriert.

Denn sosehr man sich auch bemüht, ein Aquarium wie ein Stück Meeresboden oder den Amazonas aussehen zu lassen, es ist und bleibt ein viereckiger Kasten. Seegras kann in der dünnen Schicht Sand, mit der wir den Boden bedeckt haben, nicht gedeihen, Wurzeln wachsen nicht auf Glas. Sämtliche Vegetation in diesem Becken ist im Prinzip bereits tot, wenn sie hineingesetzt wird, genau wie die Tiere es wären, würden wir nicht ihr Wasser reinigen und mit Sauerstoff versetzen und ihnen genau dosierte Mengen Futter hineinwerfen.

»Bewegung ist das A und O«, sagt Johannes eines Tages und zeigt auf den Knopf, der den künstlichen Strom bei den Regenbogenfischen erzeugt und das Wasser zum Sprudeln bringt. »Ohne wäre es Tierquälerei.«

»Wäre?«

Die Aufteilung zwischen Vorder- und Rückseite funktioniert, die Aquarien zeigen wirklich schöne Lebenswelten. Aber auch ein schönes Gefängnis ist und bleibt: ein Gefängnis.

Ich weiß nicht, ob es daran liegt, dass ich keine entsprechende Ausbildung habe, oder ob es eine Art Strafe dafür ist, dass ich nicht mit nach vorn in den Besucherbereich kommen und die Leute unterhalten will, aber außer Futter vorbereiten und sauber machen hat Johannes mir bisher keine weiteren Aufgaben übertragen. Leere und volle Becken, Eimer und Tische mit Resten von Eingeweiden und klebrigen Schuppen, fettige Fingerabdrücke auf den Glasscheiben. Alles muss in einem ewigen Kreislauf gewischt, geputzt und getrocknet werden. Montags schrubben wir die Kühlschränke mit Chlor, dienstags sind die Böden dran, mittwochs muss die Deko in den Aquarien gesäubert werden – und so geht es immer weiter. Die meisten haben daneben noch andere Zuständigkeiten, sind für bestimmte Tierarten verantwortlich, müssen Vorträge halten, aber ich nicht.

Vielleicht denke ich deshalb zuerst, Johannes macht einen Scherz, als er mich am Dienstagmorgen auffordert, ins Piranha-Becken zu steigen. Das und der Umstand, dass ich sie beim Fressen gesehen habe.

»Zieh den hier an«, er holt einen schwarzen Trockenanzug aus einer Hülle, »dann kann dir nichts passieren. Die haben mehr Angst vor dir als du vor ihnen.«

»Sagt man das nicht auch immer über Mäuse?«, erwidere ich. »Und kleine Hunde?«

Er reicht mir nur wortlos den Anzug, und jetzt besteht kein Zweifel mehr, dass er es ernst meint.

Zum ersten Mal ziehe ich den Badeanzug an, der bisher unbenutzt in meinem Spind lag, und dann den Trockenanzug darüber. Ihn anzukriegen ist schwerer als gedacht; das Teil – bestimmt ein Männermodell – hat zwar Größe XXL, aber das Material ist steif und unflexibel, und als ich ihn endlich bis über die Schultern gezerrt habe, fühle ich mich wie mit etlichen Schichten Frischhaltefolie umwickelt.

»Schwimmen kannst du doch?«

Johannes mustert mich skeptisch, als ich aus dem Umkleideraum zurückgestakst komme. Etwas spät, die Frage.

Meine Aufgabe besteht darin, eine hartnäckig festsitzende Algenansammlung von der Glasscheibe zu kratzen, durch die die Besucher vom Untergeschoss aus hereinschauen, aber, setzt Johannes hinzu, wo ich schon mal dabei sei, dürfe ich auch gern noch Schädelknochen und anderen Abfall vom Boden aufsammeln.

»Schädelknochen?«, echoe ich.

»Und anderen Abfall«, nickt er. »Aber die Algen sind das Wichtigste. Du brauchst mit dem Kopf gar nicht unbedingt unterzutauchen, man kommt auch so dran. Und nicht vergessen, wenn dir die Fische auf die Pelle rücken, gib ihnen einfach einen Klaps.«

Mir wird warm in dem Anzug. Wir stehen im »Regenwald«, wo es fast genauso feucht ist wie unter Wasser. Ich setze mich auf den Rand des Beckens. Schädelknochen. Die stammen bestimmt vom Fischfutter, aber das Einzige, woran ich denken kann, sind blankgenagte Menschenknochen. Zögerlich tauche ich meine Füße ins Wasser, bereit, sie notfalls sofort wieder herauszuziehen. Aber Johannes würde mich das nicht machen lassen, wenn es gefährlich wäre, oder? Das wäre dann doch eher schlechte Werbung, wenn die neue Azubi in roten Schaum verwandelt wird. Auch wenn mir bewusst ist, dass ich nicht die Beliebteste bin.

Ich schnalle mir den Gewichtsgürtel um. Zum Glück scheint Johannes die Wahrheit gesagt zu haben, die Fische haben tatsächlich mehr Angst vor mir als ich vor ihnen, als ich mich nämlich ins Wasser hinablasse, flieht der aufgescheuchte Schwarm wie ein einziges kopfloses Wesen zur anderen Seite des Tanks. Das Wasser umschließt mich, aber in dem Anzug ist meine Haut merkwürdig gefühllos.

Mit klopfendem Herzen mache ich mich an die Arbeit, kratze die Algen mit meiner ID-Karte ab, so wie ich es bei Alex und den anderen gesehen habe, wische mit dem Schwamm nach. Die ganze Zeit spüre ich ein Prickeln im Nacken, ähnlich dem Gefühl, von hinten beobachtet zu werden. Mehrmals fahre ich herum, in der Erwartung, den Schwarm in einer flirrenden, dreieckigen Angriffsformation auf mich zuschießen zu sehen, aber nichts passiert. Ein paar neugierige Fische wagen sich etwas näher heran, die meisten jedoch halten sich mit der Gruppe auf Abstand, und keiner greift an. Langsam entspanne ich mich ein wenig.

Über mir öffnen und schließen die Schmetterlinge ihre leuchtend blauen Flügel, die Luft ist heiß und drückend. Mir ist mulmig dabei, fast bis zum Hals unter Wasser zu sein, ohne richtig zu sehen, was da unten los ist, deshalb nehme ich nach einigen Minuten meinen Mut zusammen, setze die Taucherbrille auf, hole tief Luft und sinke vorsichtig mit dem Kopf unter Wasser. Die Geräusche aus dem Regenwaldraum verstummen, oder nein, sie sind noch da, aber schwach und irgendwie verzerrt. Ich stoße mich ab, taste mich an der Wand entlang, und genau in dem Moment schießt der Schwarm an mir vorbei. Kein Blickkontakt, nur ein einziger synchronisierter Körper mit dem klaren Ziel, schleunigst möglichst weit wegzukommen. Licht fällt durchs Wasser auf sie, und das flimmernde Schattenspiel am Beckengrund ist so schön, dass ich für einen Augenblick alles andere vergesse.

Dann brauche ich Luft.

An der Wasseroberfläche fülle ich meine Lungen. Die ersten Besucher des Tages stehen bei den Fröschen, Johannes spricht mit einer Tierpflegerin, und ihre Stimmen klingen lauter als sonst, beinahe dröhnend. Das Licht blendet mich, ich kneife die Augen zu, hole tief Luft und tauche wieder unter. Diesmal taste ich mich tiefer an der Wand hinab und wende mich der großen Scheibe zu, durch die die Besucher aus dem Untergeschoss hereinschauen können. Das Wasser ist ein wenig trüb, aber da ist das Glas, direkt vor mir, die Fische halten sich im Hintergrund. Ich strecke die

Hand aus. Irgendwie kommt es mir durch das Wasser und die Art, wie meine Augen hier unten funktionieren, vor, als wäre auch auf der anderen Seite Wasser. Als würde das hier dort weitergehen, könnte ich nur hinschwimmen. Ich lege die Handfläche an die Scheibe. Jetzt bin ich das größte Tier im Zoo.

In dem Moment nähert sich draußen auf dem Gang etwas Blaues. Zwei meiner Kollegen.

Die beiden lachend in ihrem Element, ich mit stechender Lunge, allein auf der anderen Seite des Glases. Ganz dunkel erinnert mich die Szene an etwas, das ich aber nicht greifen kann. Ein sogartiges Déjà-vu-Gefühl, dabei passiert das hier zum ersten Mal.

Dann stehen sie direkt vor mir, zwischen uns sind nur wenige Zentimeter. Der eine streckt seine Hand nach meiner aus, ich hänge breit im Wasser, in meinem Hirn pocht es schmerzhaft. Wo habe ich das schon mal erlebt? Aber meine Lunge schreit nach Sauerstoff, und als unsere Handflächen weiß gedrückt werden von der Distanz zwischen uns, stoße ich mich ab.

Lärm und ein Prickeln auf der Haut wie von winzigen Sauerstoffexplosionen, als ich die Wasseroberfläche durchbreche und Luft mein Gesicht trifft.

Johannes steht am Beckenrand und guckt besorgt zu mir runter.

»Geht's?«

Er beugt sich vor, um mir hochzuhelfen, aber ich ignoriere seine Hand. Es ist mühsamer als gedacht, mich über den Rand zu hieven, aber schließlich bin ich draußen und rapple mich auf, stehe da in einem schwerfälligen Körper, der weder hier oben noch dort unten hingehört. Mein Kopf wummert.

»Das mache ich nicht noch mal«, sage ich, ohne Johannes anzusehen. Dann gehe ich, eine Spur aus Tropfen hinterlassend, zur Umkleide.

Weitere diffuse Tage, ein Donnerstag, ein Freitag, dann ist der erste Monat rum. Seit der Sache mit den Piranhas belässt Johannes es für mich wieder bei den Routineaufgaben, aber immerhin: Bisher habe ich weder gekündigt, noch bin ich gefeuert worden. Lügen will ich allerdings auch nicht, als mich Eierstirn vom Jobcenter anruft, daher antworte ich wahrheitsgemäß:

»Es ist krass eintönig.«

Ich höre ihn auf seiner Computertastatur tippen. Ob ich ihm das mit den Piranhas erzählen soll? Aber was soll ich sagen? Dass Johannes mich endlich mit einer neuen Aufgabe betraut und ich es vermasselt habe? Dass ich mich für einen Moment selbst von außen in diesem Glaskäfig gesehen habe, ohne zu begreifen, was ich da sehe?

»Ich meine, mir gefällt, dass man den Großteil der Arbeit allein machen kann«, schiebe ich nach, »aber ich kann mir nicht vorstellen, in echt dort zu arbeiten.«

»In echt?«

Eierstirn wiederholt meine Worte, als könne er sich keinen Reim darauf machen, und obwohl ich stark bezweifle, dass er mich verstehen wird, versuche ich es zu erklären. Wie die Seeotter im Wasser herumflitzen, was unmittelbar verspielt aussieht, bei näherem Hinsehen aber mehr an das rastlose Umhertigern eines Löwen hinter den Gitterstäben seines Käfigs erinnert. Wie die meisten Fische weniger als eine Minute von einer Seite ihres Aquariums zur anderen brauchen. Wie viele Minuten verstreichen, bis eine Stunde um ist, bis zehn Stunden um sind, und wie sich dieser Gedanke schimmelfleckengleich im Gehirn verzweigt, sobald er erst einmal eingedrungen ist. Dass es, bei näherer Betrachtung, schwerfällt, diesen Ort nicht mit Folter gleichzusetzen.

Eierstirn räuspert sich.

»Und der Sozialkontakt?«

»Was soll damit sein?«

»Na ja, damit hatten Sie ja gewisse Schwierigkeiten an Ihren früheren Arbeitsplätzen.«

Schwierigkeiten? Ich schweige. Er schweigt. Währenddessen zähle ich die Fenster des Gebäudes gegenüber; den Blick immer mal auf weiter entfernte Punkte zu richten ist ein gutes Training für die Augen.

Er gibt als Erster auf.

»Okay, wie wär's, wenn wir in einem Monat noch mal sprechen?« Die Tastatur klackert erneut. »Wenn es Ihnen dann immer noch nicht gefällt, überlegen wir uns etwas anderes.«

Vier Wochen. Wenn sich bis dahin nichts verändert hat, sagt er, kann ich einen Abbruch der Maßnahme beantragen, die eigentlich auf ein halbes Jahr angesetzt ist. Damit kann ich leben. Noch vier Wochen, in denen Johannes versuchen wird, mich für die Meereswelt zu begeistern, und ich mich sträube. Noch vier Wochen, in denen ich allein zu Mittag essen werde. Dann hoffentlich eine dringend benötigte Pause zwischen dieser Maßnahme und der nächsten, während Eierstirn nach einem neuen Arbeitsplatz für mich sucht und ich wieder mittwochabends mit Maiken Wein trinken und morgens ausschlafen kann. Soll mir recht sein. Ich werde sowieso niemals auf eine der beiden Seiten des Fensters zwischen mir und den anderen passen, und auch damit kann man, wie sich gezeigt hat, durchaus leben.

Als Maiken anruft und fragt, ob wir uns treffen können, sage ich sofort zu, obwohl ich gerade mit zwei Einkaufstaschen durch die Tür gekommen bin. Ich höre an ihrer Stimme, dass es wichtig ist.

»In zwanzig Minuten am Weg«, sagt sie und legt auf.

Das Wetter wirkt unheildrohend. Am Himmel braut sich etwas zusammen, und der Wind bläst von allen Seiten, sodass ich sämtliche Muskeln anspannen muss, damit es mich nicht vom Fahrrad weht. Als ich am Treffpunkt ankomme, ist Maiken schon da.

»Na?«, frage ich, aber sie lächelt halb an mir vorbei und läuft los, ehe ich überhaupt mein Fahrrad abgestellt habe. Ich jogge ein Stück, um zu ihr aufzuschließen.

»Wie läuft's im Fischgefängnis?«, erkundigt sie sich.

»Gut.«

»Haben sie dich noch nicht rausgeworfen?«

»Maiken, spar dir den Smalltalk. Erzähl einfach, was los ist.«

»Ja«, sagt sie und bleibt plötzlich mitten auf dem Weg stehen. Sie dreht sich zu mir um, und ich glaube, ihre Augen waren noch nie so groß. Dann ergreift sie meine Hand. Ist sie krank? Will sie mir das sagen? Oder, noch schlimmer, teilt sie mir jetzt mit, dass ich ihr immer schon ein Klotz am Bein war und sie ein für alle Mal genug von mir hat?

Der Wind wirft sich auf uns, fegt mir die Haare ins Gesicht.

»… schwanger«, sagt Maiken. Der Rest geht im Tosen unter, und auch wenn ich das wichtigste Wort aufgeschnappt habe, rufe ich trotzdem, sie soll das bitte wiederholen, ich hätte nichts verstanden.

Ihre Augen leuchten.

»Ich bekomme ein Kind«, sagt sie genau in dem Moment, als der Wind sich legt.

»Nein?!« Meine Stimme ist gepresst und fremd. »Bist du sicher?«

Ein Schatten huscht über Maikens Gesicht. Sie lässt meine Hand los.

»Nein«, sage ich noch mal. »So war das nicht gemeint. Ich hab nur nicht gewusst, dass ihr …«

Ich stocke. Sie und Daniel sind seit eineinhalb Jahren ein Paar, und ehrlich gesagt habe ich mich immer noch nicht daran gewöhnt, dass sie zusammengezogen sind. Wie können sie plötzlich an diesem Punkt angelangt sein?

Doch dann schwillt der Wind wieder an. Er stößt mich in den Rücken, zu Maiken, und ich hebe meine in der Winterjacke schweren Arme und lege sie um sie.

»Glückwunsch«, sage ich in ihr Haar. Sie ist steif in meiner Umarmung.

»Glückwunsch, Glückwunsch, Glückwunsch«, wiederhole ich, und jetzt entspannt sie sich.

»Du wirst Tante«, sagt sie, und es rauscht um uns herum, in den Bäumen, im Gras zu beiden Seiten des

Weges. Ich kann ihr Lächeln so deutlich vor mir sehen, während ich schlucke und schlucke und zu verstehen versuche, wie das passieren konnte, ohne dass ich es im Entferntesten geahnt habe, und wie es nicht dazu führen sollte, dass ich die einzige richtige Freundin verliere, die ich je gehabt habe. Aber als ich mich schließlich aus der Umarmung löse, lächle ich. Ganz wie ein richtiger Mensch.

Auf dem Nachhauseweg stehe ich irgendwie neben mir. An einer Kreuzung fahre ich über Rot und habe Glück, dass ein von links kommendes Auto gerade noch bremst. Ein Stück weiter bleibe ich geistesabwesend stehen und komme erst wieder zu mir, als jemand in neongrünem Trikot mich anblafft, wenn ich nicht vorhätte zu fahren, solle ich gefälligst auf den Bürgersteig gehen. Maiken als Mutter, ein richtiger erwachsener Mensch. Jemand mit Kindersitz auf dem Fahrrad, Nervenzusammenbruch um neun Uhr früh und diesem flackernden Blick, der nur für wenige Sekunden Kontakt hält, bevor er wieder zum Kind huscht.

Ich fahre mit einem Stechen in der Brust weiter. Es fühlt sich an, wie wenn man irgendwo sitzt, in einer Bar zum Beispiel, und von der Gegenwart einer anderen Person vollkommen in den Bann gezogen ist. Vielleicht stehen Kerzen auf dem Tisch, im Hintergrund läuft ein Song, den man geliebt hat, als man jünger war, und den man jetzt quasi noch mehr liebt, weil er einen zusätzlichen Klang von Nostalgie bekommen hat. Und erst, wenn die Person plötzlich aufsteht und sagt, sie müsse jetzt weiter, hebt man den Blick und schaut sich um, entdeckt, dass alle anderen längst gegangen sind, abgesehen von dem suspekten Typen am Billardtisch, mit dem man ganz sicher nichts zu tun haben möchte. Ohne dass man es gemerkt hat, ist es kühl geworden, und schlicht und ergreifend dadurch, dass die Person aufsteht und sich verabschiedet, weil sie noch andere Pläne für den Abend hat, ändert sich der Charakter der Szene komplett. Was vorher intim und schön war, ist jetzt nur noch einsam und erbärmlich.

Bald ist Mitternacht. Zeit ist etwas Seltsames; geht man etwa sechshundert Millionen Jahre zurück, findet man den mutmaßlich gemeinsamen Vorfahren von sowohl Mensch als auch Tintenfisch: eine Art flacher Wurm. Ab da gingen wir getrennte Wege, und die einzigartige Geschichte des Tintenfischs begann wahrscheinlich vor rund fünfhundertdreißig Millionen Jahren. Damals lebte eine Schnecke mit einer schützenden Schale auf dem Kopf, die sich irgendwann zu einer Kegelform mit gasgefüllten Kammern entwickelte. Durch die Regulierung des Gasgehalts konnte das Tier im Wasser aufsteigen und so sein Überleben im Ozean sichern. Später änderte sich das Design erneut: Die Schale wurde erst spiralförmig, dann nach innen verlagert oder ganz abgelegt, sodass der Oktopus, wie wir ihn heute kennen, in Erscheinung treten konnte. Weich, beinahe fließend, wie Wasser, das im Wasser lebt.

Ich bin immer noch nicht am Ziel, aber ich muss mich auf diese Weise nähern, langsam, in immer engeren Kreisen. Ich versuche, dich in deinem ganzen Wesen zu begreifen, aber es bleibt nur noch so wenig Zeit, wer weiß, vielleicht ist es schon zu spät. Ich schreibe: Ein Oktopus kann die Richtung allein kraft der Arme ändern, ohne den Körper zu drehen. Ich schreibe: Anders als zum Beispiel Menschen und Insekten folgt er keinem besonderen rhythmischen Bewegungsmuster. Er scheint über einzigartige motorische Strategien zu verfügen, bei denen der in den Armen befindliche Teil des Nervensystems einen hohen

Grad an Autonomie besitzt, sprich: Das Gehirn entscheidet von Sekunde zu Sekunde, welcher Arm benutzt werden soll, aber nur in einem begrenzten Umfang wie.

Es handelt sich also weniger um ein Zentrum, das die Kontrolle über eine Peripherie ausübt, als vielmehr um einen dezentralisierten, denkenden Körper, der gleichzeitig einer und mehrere ist. Jeder beliebige Arm kann den Oktopus in jede beliebige Richtung führen. Seine Bewegungen sind graziös, pulsierend. Frei von den Einschränkungen eines Skeletts.

Er kann auf zwei Armen über den sandigen Boden laufen, mit dem Rumpf voran und den Armen hinter sich zu einem Strauß gefasst schwimmen, er kann sich als Stein oder Pflanze oder giftige Schlange tarnen und sich langsam von der Strömung tragen lassen, mittels der Saugnäpfe über Oberflächen kriechen, sich spreizen wie ein Stern, durch winzige Ritzen schlüpfen, sich festsaugen oder den Mantel ausbreiten und fliegen.

Das alles habe ich nicht bei dir gesehen, ich habe dich nicht mal Tinte aus deinem Beutel spritzen sehen. Du musstest nicht jede deiner Gehirnzellen nutzen, um dir Fluchtstrategien oder Tarnungen auszudenken, denn außer der Zeit und den Wänden gibt es keine Feinde in deinem Aquarium.

Ich schreibe: Ein Oktopus verbringt den Großteil seines Lebens allein und hat, anders als der Mensch, eine in erster Linie asoziale Intelligenz entwickelt. Seine Evolution ist die Geschichte einsamer, idiosynkratischer Komplexität. Eine in erster Linie asoziale Intelligenz, das klingt bekannt. Meine Evolution? Die Geschichte einsamer, mitunter idiotischer Idiosynkrasie.

Wenn man bedenkt, dass ich dir begegnen durfte. Dass wir uns vor sechshundert Millionen Jahren getrennt haben, nur um uns wiederzufinden.

3

»Was ist los?«

Johannes wirft mir einen dieser Blicke aus dem Augenwinkel zu.

»Du siehst irgendwie komisch aus«, fährt er fort, und er hat recht, ich habe es auch im Spiegel gesehen, als ich von zu Hause los bin. Als könnten mir jeden Moment die Gesichtszüge entgleisen.

»Nein, alles okay.«

»Gut. Wenn du krank bist, solltest du nämlich besser im Bett bleiben.«

Er erzählt, dass vor ein paar Monaten einer der Wissenschaftler mit Grippe zur Arbeit kam und den ganzen Betrieb lahmgelegt hat, aber ich fahre ihm dazwischen.

»Ich bin nicht krank, okay? Aber wenn du meinst, ich sehe so komisch aus, kannst du mich ja nach Hause schicken.«

Er murmelt irgendwas von wegen, ich soll es besser nicht darauf anlegen. Dann überlässt er mich einem Berg stinkender Tobiasfische, die geviertelt werden müssen.

Wie sich später herausstellt, bin ich nicht die Einzige, die heute neben der Spur ist. Elza, eine der Tierpflegerinnen, bemerkt es als Erste.

»So verhält der sich normal aber nicht.«

Ich nehme den Blick von dem Luftausströmerstein, den ich gerade anbringe, und Elza, die mit einer Bürste in der Hand bei dem rechteckigen Aquarium steht, zeigt auf einen Arowana mit schönen schwarzen Flossen. Ich weiß nicht genau, wie sie sonst aussehen, aber der hier macht den Eindruck, als hätte er zu viel getrunken und könnte jeden Moment umkippen. Elza schiebt sich die Brille in die Stirn.

»Kannst du schnell Johannes holen?«

Ich finde ihn im Büro, wo er an seinem Schreibtisch sitzt und total fehlplatziert wirkt. Mit seinem Herumgefuchtel, den Seetanghaaren und der gelben, wasserabweisenden Hose, die er, wie ich inzwischen weiß, nur wechselt, wenn er ein Gespräch mit der Leitung hat, gehört er zu den Aquarien, vielleicht sogar ins Wasser. Als ich in der Türöffnung stehen bleibe, schaut er hoch.

»Der schwarze Arowana?«

»Woher weißt du das?«, frage ich, aber er gibt keine Antwort, folgt mir nur zurück zu Elza.

»Ich glaube, es ist die Schwimmblase«, sagt er, als wir dort sind. »Schaut mal, wie er im Wasser liegt. Wir müssen ihn rausholen.«

»Was macht ihr mit ihm?«, will ich wissen, als Elza den großen Fisch nach mehreren Versuchen in ein Netz und dann in die Transportbox bugsiert hat. »Tötet ihr ihn?«

Elza schaut mich an, ihre Miene ist unergründlich. Dann verschwinden die beiden in Richtung Krankenstation.

Ich muss nachlesen, was eine Schwimmblase ist. Anscheinend eine Art gasgefüllter Ballon, der es den Fischen ermöglicht, im Wasser zu schweben, ohne die Flossen zu benutzen, und später bekomme ich mit, dass Johannes recht gehabt hat. Die Schwimmblase war tatsächlich das Problem. Wahrscheinlich hatte der Fisch zu viel gegessen, weshalb Johannes uns am Nachmittag einen kleinen Vortrag darüber hält, wie wichtig es ist, dass alle das Futter exakt nach Plan verteilen. Er schaut mich dabei nicht länger an als die anderen, es ist nicht zu erkennen, ob er etwas weiß. Genau genommen weiß ich es nicht mal selbst, es war eines dieser Dinge, die einfach passieren: meine Hände, die einen Eimer Leuchtgarnelen in ein Aquarium kippen. Wie die Fische mit kleinen Rucken beschleunigten, als könnte die Beute jeden Augenblick fliehen. Es war gar nicht viel, nur ein Tick mehr als vorgesehen. Ein paar Gramm mehr oder weniger, dachte ich, als ich die letzte Leuchtgarnele ins Wasser schüttelte, was macht das schon? Ich war mir sicher, dass Johannes es mit dem Futterplan übertreibt.

Jetzt weiche ich seinem Blick aus und bin überrascht, wie sehr es mich erleichtert, als ich höre, dass der schwarze Arowana wahrscheinlich wieder gesund wird.

Ich rede mit niemandem darüber, und von außen betrachtet geht alles weiter wie bisher. Aber der Arowana öffnet meine Augen einen Spalt, besser kann ich es nicht erklären.

Bis jetzt kamen mir die Tiere im Aquarium auffallend gleich vor. Jeden Tag dasselbe Verhalten, kleine Kopien ohne Bewusstsein oder Persönlichkeit. Vor einem Wasserblock voller Heringe zu stehen erinnert mich in erster Linie an die Metro-Station am frühen Morgen. Ein- und aussteigende Leute, dieselben leeren Gesichter, identisch mit denen vom Vortag. Und natürlich ist es traurig, dass die Tiere hier eingesperrt sind, ich hatte sozusagen schon aus Prinzip Mitleid mit ihnen, aber das war's auch. Jetzt wird mir bewusst, dass ich mich vielleicht geirrt habe.

Johannes registriert lauter Dinge, die ich, selbst wenn er mich darauf hinweist, kaum wahrnehme. Innerhalb von Sekunden kann er erkennen, ob ein Seebarsch Rogen trägt, allein indem er dessen Spur im Wasser studiert; er weiß, wie ein Aal sich schlängelt, wenn er sich wohlfühlt, er kann jedes seiner Seepferdchen von den anderen unterscheiden. Die Zeit hat seinen Blick geschärft, denke ich. Und der schwarze Arowana, die Auswirkung, die ein minimales Ungleichgewicht bei der Nahrungsaufnahme haben kann, lässt mich zum ersten Mal darüber nachdenken, wie viel reicher die Welt durch eine solch feingeschliffene Linse wohl sein könnte.

Eines Donnerstagabends bin ich gerade fertig mit Abspülen, als mein Handy klingelt. Seit unserem Spaziergang habe ich nicht mehr richtig mit Maiken gesprochen. Ich weiß zwar, dass ich mich für sie freue, habe aber auch alle möglichen anderen Gefühle, und bevor ich die nicht sortiert habe, sage ich vorerst besser nichts mehr.

Es ist aber gar nicht Maiken, sondern meine Mutter, und eine alte Erinnerung flackert in mir auf: Sie in Schürze, wie sie an der Arbeitsplatte steht und etwas auf einem Schneidebrett hackt, dabei vor sich hin summt. Der starke, zu mir gewandte Rücken, ihre kräftigen Bewegungen. Wie ich dort mehrere Sekunden lang mit angehaltenem Atem hinter ihr stehe, überzeugt, dass ich jeden Moment in die Küche treten und sie ansprechen werde. Aber stattdessen machte ich kehrt und ging zurück in mein Zimmer.

»Hi, Mama.« Ich stelle mich ans Fenster, ohne hinauszusehen, lausche ihrem neutralen Tonfall. Ihre Worte sind mit Haken versehen, durch die sie jedes einzelne davon exakt so platzieren kann, wie sie es möchte, schonungslos verletzend.

»Nein, ich hab noch keinen richtigen Job gefunden … Nein, auch nicht … Nein.«

Ich schließe die Augen und beschwöre erneut das

Bild aus der Küche herauf. Vielleicht um mir zu vergegenwärtigen, dass auch meine Mutter dieses Gefühl von Distanz kennt, es vielleicht sogar an mich weitergegeben hat.

»Hast du wegen was Bestimmtem angerufen?«

Und natürlich hat sie das. Sie will wissen, ob ich beim Sommerhäuschen gewesen bin, und – als sie die Bestätigung hat, dass die Antwort ein weiteres Mal Nein lautet – wann ich vorhabe hinzufahren.

»Es hat ja keinen Sinn, es verfallen zu lassen«, bemerkt sie. »Wenn du es nicht willst, verkaufen wir es besser.«

Sie und ich waren kurz nach Omas Tod dort. Mein Vater hatte keine Lust, und Oskar war verreist, er kam nicht einmal für die Beerdigung zurück. Seitdem ist keiner von uns mehr dort gewesen, aber ich wohne am nächsten, und aus irgendeinem Grund hat Oma mir das Häuschen vermacht. Keine Ahnung, ob das juristisch Bestand hat, aber niemand in der Familie stellt infrage, dass sie wollte, dass ich es bekomme, immerhin stand das schwarz auf weiß in ihrer steilen, wild geschwungenen Handschrift geschrieben. Allerdings stellen sich alle die Frage: Warum?

»Ich fahr am Wochenende hin«, sage ich und verbeiße mir, dass sie mich mal kann. Wenn das Haus wirklich mir gehört, kann ich damit schließlich machen, was ich will, aber wenn ich das sage, riskiere ich, dass es morgen verkauft ist.

Kaum haben wir aufgelegt, schreibe ich Maiken und

frage, ob sie mitkommen mag. Beim bloßen Gedanken, allein, ohne Oma, in dem Haus zu sein, zieht sich mir alles zusammen.

Früh am Samstagmorgen fahre ich mit dem Bus zum Sommerhaus. Maiken kann erst später, sie muss noch ein paar Dinge erledigen, aber ich habe das Bedürfnis, aus der Stadt herauszukommen. Ehrlich gesagt habe ich langsam die Nase voll vom Aquarium, von Johannes' Versuchen, mein Interesse für Wassertiere in Gefangenschaft zu wecken, davon, die Pausen allein auf dem Klo zu verbringen und wieder einmal bei etwas nicht dazuzugehören, und zwar – das ist mir durchaus bewusst – aus eigener Entscheidung heraus.

Es ist fünf Monate her, seit ich in der betreuten Wohngruppe aufgehört habe, und weil ich mich an das Leben im Zwischendasein gewöhnt hatte, fällt es mir überraschend schwer, wieder in die Gänge zu kommen. Das Zwischendasein ist fast genauso sinnentleert wie die kleinen Unterbrechungen in Form von Anstellungen und Maßnahmen – der Unterschied besteht lediglich in anderen Aufstehzeiten sowie darin, dass gewisse Tätigkeiten reduziert sind, andere ausgedehnt. Außerdem werden die Tage von einer hintergründigen Scham getrübt, weil ich keinen Beitrag für die Gesellschaft leiste, aber immerhin entscheide ich während dieser Phasen selbst, was ich mit meiner Zeit mache.

Es ist einer dieser Frühlingstage, die sich schon nach Sommer anfühlen, der Himmel ist klar, die Temperatur mild. Ich hole den Schlüssel unter dem Kräutertopf hervor, und der vertraute Geruch nach altem Holz schlägt mir wie der Dampf aus einem heißen Ofen entgegen, als ich die Tür öffne. Von der Rückseite des Hauses wogt der Wind über die Felder heran, fährt durch die Baumwipfel, und erst als er mich erreicht, trete ich über die Schwelle.

Obwohl ich in meiner Kindheit und Jugend so viele Tage in diesem Häuschen verbracht habe, ist jetzt, nach Omas Tod, alles anders. Ich bin noch nie allein hier gewesen, und dass ich mit meiner Mutter da war, ist Monate her. Mit hängenden Armen und gefährlichem Blick stand sie ungefähr an derselben Stelle wie ich jetzt im Wohnzimmer. Und obwohl ich mit dabei war, nahm sie so viel Raum ein, dass es mir rückblickend schwerfällt, mich selbst in der Erinnerung zu platzieren. Woran ich mich stattdessen erinnere: Wie ich zu begreifen versuchte, dass meine Mutter nun jemand war, der seine Mutter verloren hat. Dass wir die Eigenschaft teilten, die Tochter von jemandem zu sein. Natürlich habe ich alte Fotoalben durchgeblättert und Bilder gesehen, trotzdem wurde mir erst, als Oma verschwand, vollends bewusst, dass meine Mutter einmal ein Kind gewesen ist. Dass sie und Oma nicht immer die beiden erwachsenen Frauen in einer konfliktbelasteten Beziehung waren, als die ich sie kannte.

Irgendwann versuchte ich, den Arm um sie zu legen, aber das konnte sie nicht haben. Sie wandte sich ab und ging ins Schlafzimmer, schloss die Tür hinter sich. Als sie wieder herauskam, war sie gefasst, und hätte ich sie zuvor nicht etliche Jahre studiert, hätte ich ihr nicht angemerkt, dass sie geweint hatte.

Eine sichtbare Staubschicht auf den Fensterbänken, dort, wo das Licht hereinfällt, ein verlassener Eindruck – davon abgesehen ist das Haus wie immer. Den Vormittag verbringe ich mit Lüften, Bettwäschewechseln, mache ein bisschen sauber. Ziehe kleine Kreise mit einem feuchten Lappen, auch wenn hier weitaus größere Kreise wirken, die Abwärtsspiralen von Generationen. Etwa der Umstand, dass meine kleinen Finger krumm sind wie die meiner Oma und ich deshalb als Kind mit Schienen schlafen musste. Dass ich teilweise aus diesen Händen gemacht bin sowie aus den ellenlangen Beinen meines Großvaters, die unter keinen Tisch passten, jeden Raum einnahmen. Aber für derart große Kreise bin ich heute nicht in der Verfassung, und als ich fertig mit Putzen bin, falle ich aufs Sofa. Die Decke riecht nach Oma. Und eigentlich will ich mir über meine Gefühle in Bezug auf Maikens Schwangerschaft klar werden, damit ich diesmal besser vorbereitet bin, wenn ich sie sehe, eigentlich will ich mich mit ihr freuen, aber stattdessen schlafe ich ein.

Ich glaube, ich träume von Oma. Jedenfalls erfüllt mich noch immer das vertraute Gefühl von Ruhe und Zugehörigkeit, als ich aufwache und direkt in Maikens Gesicht blicke.

Der Kissenabdruck auf meiner Wange will nicht verschwinden, sondern bleibt wie eine Narbe oder, schlimmer noch, ein böses Omen. Maiken streicht mit dem Finger darüber und fragt, ob alles okay bei mir ist. Ihr Gesicht gegenüber meinem, vollkommen offen.

Wir gehen in den Garten und essen, was Maiken als Mittagessen mitgebracht hat. Die Decke breiten wir so aus, dass wir beide es uns bequem machen können; ich sitze mit dem Rücken an einen der Apfelbäume gelehnt, Maiken liegt auf der Seite, die kaum merkliche Wölbung ihres Bauches beschienen vom weißlichen Sonnenlicht. Es ist seltsam, sie so zu sehen, ohne Zigarette in der Hand, ihr Körper noch weitgehend der Alte und zugleich auf dem Weg hin zu etwas Neuem. Die Hüften weicher, die Brüste schwer von einem dunklen Gewicht, jetzt, da ich weiß, dass sie schwanger ist. Sie ist so bezaubernd, wie sie dort liegt, dass es mir den Hals zuschnürt.

»Fällt es dir schwer, nicht zu rauchen?«, frage ich.

Sie zuckt mit den Schultern.

In Wahrheit will ich wissen, ob sie auch Angst hat, dass sich alles verändert. Ich will fragen, ob sie mich jetzt vergessen wird, da sie das Kind bekommt, will sie laut auflachen und erwidern hören: »Was glaubst du denn?«

»Ist ja nicht für ewig«, meint sie in diesem Moment

und antwortet damit trotz allem ein wenig auf all das, was ich nicht sagen kann. »Außerdem, wer weiß, was wird«, sie schaut mich mit gespielt ernster Miene an. »Überleg mal, wie viel Wein wir zwei in den letzten Monaten getrunken haben, da wär's ja ein Wunder, wenn das Kind lebend auf die Welt kommt.«

Ich verpasse ihr einen Knuff.

»Ich glaube, es wird ein Mädchen«, fährt Maiken fort. »Ich kann's nicht erklären, aber …« Sie schreit auf, kommt hastig auf die Beine und rennt an mir vorbei ins Haus. Erst verstehe ich nicht, was los ist, dann entdecke ich die Biene, die gemächlich im Gras umhersummt.

Ich rufe nach Maiken, aber keine Chance. Sie kommt erst wieder raus, als die Biene weggeflogen ist, und ich muss daran denken, wie mein Bruder mal den großen Gusseisentopf mit dem Abendessen fallen ließ, weil sich eine Libelle auf seine Brust gesetzt hatte. Ein stundenlang geschmortes Ossobuco, über die ganze Terrasse verteilt. Ich ahme die weit aufgerissenen Augen meiner Mutter nach, und vor lauter Lachen läuft Maiken das Wasser, das sie eben getrunken hat, aus der Nase. Und vielleicht ist es wirklich ganz simpel und man liebt die Menschen, die einen gut aussehen lassen. Ich war nie sonderlich beliebt, weder in meiner Familie noch sonst irgendwo. Bestimmt weil mir die Fähigkeit abgeht, anderen ein gutes Gefühl zu geben. Aber mit Maiken, durch den Blick, mit dem sie mich sieht, werde ich jemand anders. Gerade genug, damit das, was sonst kalt oder distanziert wirkt, interessant sein kann.

Die Nacht hat das Holzhäuschen ausgekühlt, doch jetzt wärmt die Sonne es wieder auf. Wenn man weiß, worauf man lauschen muss, kann man das Holz nachgeben hören, und wir liegen in den ruhigen Atemzügen der Balken, bis die Schatten lang werden. Ein paar Mal muss ich Sachen zum Überziehen oder eine Decke holen, aber es ist ungewöhnlich lau für diese Jahreszeit. Wir reden ein bisschen über die Schwangerschaft, aber vielleicht gibt es noch nicht so viel zu erzählen, denn Maiken äußert sich wenig dazu. Sie ist in der vierzehnten Woche, Daniel und sie freuen sich, anscheinend war es aber nicht direkt geplant, sondern ist eher passiert, weil sie nicht mehr aufgepasst haben. Ich weiß nicht, was ich darauf erwidern soll, das lässt die bevorstehende Steinlawine so zufällig wirken wie etwas, was sich mit ein klein wenig Aufmerksamkeit hätte verhindern lassen.

»Ihr seid ja auch noch nicht so lange zusammen«, bemerke ich.

Maiken blickt an mir vorbei, auf die Felder, und vielleicht habe ich gerade wieder etwas Falsches gesagt. Die Art, wie der Schatten auf ihren Kiefer fällt, lässt ihr Profil hart wirken.

»Hier ist es echt schön«, sagt sie kurz darauf und fegt eine Ameise von ihrem Arm. »Aber ich könnte nie so weit weg von der Stadt wohnen. Hier sind einfach zu viele Tiere.«

Während wir unsere Sachen zusammenpacken, überlege ich, ob es bei mir dasselbe ist. Spontan würde ich sagen, es geht mir wie Maiken, wir zwei gehören in die Stadt. Andererseits … Wie es wohl wäre, hier zu leben, wo der Himmel sich ausdehnen darf? In der Stadt gibt es keinen Horizont, immer ist ein Gebäude im Weg, versperrt einem irgendetwas die Sicht.

Als alles verstaut ist, schließe ich das Haus ab, und wir gehen zusammen den Schotterweg entlang zur Bushaltestelle, die untergehende Sonne wie eine sanfte Hand im Rücken.

Sieben Wochen, nachdem ich im Aquarium angefangen habe, schickt Maiken mir abends ein Foto von einer getrockneten Anemone. Ich kenne die Blume, die habe ich ihr einmal gepflückt, als wir zusammen im Wildpark spazieren waren. Zurück zu Hause legte Maiken sie zum Pressen in ihren Atlas, aber ich wusste nicht, dass sie sie so lange aufbewahrt hat, das ist schon Jahre her. Die weißen Blätter sehen aus, als würden sie zerbröseln, sobald jemand darauf pustet, der Stängel ist papierdünn.

Unter das Bild hat sie geschrieben: *So groß ist mein Kind jetzt.*

Die Rationen für heute liegen gesäubert, ausgenommen und aufs Gramm genau portioniert in ihren Behältern, und ich habe gerade den Boden fertig gewischt, als Johannes die Futterküche betritt.

»Komm«, sagt er. »Zeit, dass du jemanden kennenlernst.«

Es ist das erste Mal seit der Sache mit den Piranhas, dass er meine Arbeitsroutine unterbricht, und ich bin drauf und dran zu erwidern, dass er sich die Mühe sparen kann. Johannes weiß nichts davon, aber in weniger als einer Woche wird mich Eierstirn wieder anrufen, und ich gehe nicht davon aus, dass ich danach noch lange hierbleibe. Ich will aber auch nicht unnötig für schlechte Stimmung sorgen, deshalb ringe ich Johannes lediglich das Versprechen ab, dass ich den schwarzen Trockenanzug nicht brauchen werde.

»Keine Taucheranzüge«, wiederholt er feierlich.

Er geht voran durch »Das Meer vor langer Zeit«, biegt in den Bereich für die Seen und Meere des Nordens ab und bleibt schließlich vor einem der Aquarien stehen, mit denen ich bisher noch nichts zu tun hatte. Es gehört nicht zu den größten im Oceaneum, aber mir ist schon früh aufgefallen, dass unter den Mitarbeitenden ein besonderer Respekt dafür herrscht. Ein einziger Bewohner haust darin, gerade sitzt er zwischen Glas und einen Felsbrocken gezwängt und hat dieselbe Farbe wie der Stein angenommen: Rosa, der Oktopus.

»Kraken sind Fluchtmeister«, erklärt Johannes, während er die Abdeckung des rechteckigen Aquariums öffnet. Bei einigen der anderen Tiere reichen die Glaswände nicht mal bis ganz hoch zum Deckel, zum Beispiel bei den Schützenfischen, die die Besucher lustig finden, weil sie beim Jagen mit einem Wasserstrahl auf Insekten schießen. Bei Rosa geht das offenbar nicht.

»Sie hat ja kein Skelett«, führt Johannes aus, »deshalb kann sie im Prinzip durch jede Öffnung gelangen, die größer ist als ihre Augen und ihr Schnabel. Dasselbe mit der Deckelplatte hier. Rosa ist schlau, wenn wir die Abdeckung also nicht gut sichern, findet sie raus, wie sie sie öffnen kann, und weg ist sie.«

Er zeigt mir, wie ich im Wasser platschen soll, damit Rosa auf mich aufmerksam wird, aber als sie sich vom Boden auf den Weg nach oben macht, ziehe ich unwillkürlich die Hand zurück.

»Hast du Schnabel gesagt?«

Doch Johannes lächelt bloß sein unergründliches Lächeln. Rosa hängt jetzt direkt unter der Wasseroberfläche, nicht mehr grau, sondern von einem dunkleren, rötlichen Violett. Aufregung vielleicht, oder Neugier? Ich kneife die Augen fest zusammen, fasse mir ein Herz. Dann strecke ich die Hand wieder aus.

Rosa verharrt einige Sekunden in ihrer Warteposition, dann legt sich die äußerste Spitze eines Arms auf meinen Handrücken. Er ist dünn und elastisch, die

Haut fühlt sich fest und beinahe trocken an, ganz anders als der schleimige Schneckenleib, den ich erwartet hatte.

»Du hast Glück«, meint Johannes. Drei ihrer Arme schlingen sich nun um mein Handgelenk. »Sie mag nicht bei allen den Geschmack.«

»Den Geschmack?«

Er nickt.

»Wir schmecken alle anders. Nach Creme oder Nikotin oder dem Rotwein, den wir gestern zum Essen getrunken haben. Ein Teil von Rosas Sinnesapparat befindet sich in den Saugnäpfen, und wenn sie etwas nicht mag, hält sie sich fern.«

Ich frage mich, was Rosa wohl auf meiner Haut registriert und was das über mich aussagt. Eigenartigkeit und schlechter Orientierungssinn, wie mag das schmecken? In diesem Moment lässt sie einen weiteren Arm folgen, ich spüre ein Ziehen, und dann sitzt sie da. Eine lebende Seepflanze in meiner Hand.

Ich muss lächeln, hauptsächlich vor Überraschung. Rosa schaut mich jetzt direkt an, und irgendwie finde ich, sie hat etwas Abgeklärtes, als wäre sie es gewohnt, sich zu nehmen, was sie haben will, und den Rest links liegen zu lassen. Ihre Pupillen sind dicke, schwarze Gedankenstriche, und ich halte ihren Blick, voller Angst, ein Blinzeln von mir könnte den Kontakt brechen. Das Gefühl ihrer Saugnäpfe an meiner Haut, als sie sich meinen Arm hinaufwindet, ist anders als alles, was ich je erlebt habe. Gleichzeitig kann ich das mit dem Schnabel nicht vergessen, deshalb ist ein Teil von mir auch erleichtert, als Johannes mir wenig später zeigt, wie ich ihren Griff behutsam, Napf für Napf, wieder löse. Behände gleitet sie zurück ins Wasser und wechselt dabei vor meinen Augen die Farbe von Lila zu Koralle.

Später, in der Metro, stehe ich ganz still zwischen all den anderen Menschen auf dem Heimweg von der Arbeit. Ich spüre immer noch Rosas Gewicht in meiner Hand, als könnte ich sie, würde ich hinschauen, leibhaftig dort sehen. Was bin ich da gerade für einem Geschöpf begegnet? Sie ist so anders als die übrigen Tiere im Aquarium. Soweit ich Johannes verstanden habe, sind Kraken Einzelgänger, die den Großteil ihres Lebens allein verbringen, ohne Wirbelsäule und in einer Umgebung, die sich grundlegend von meiner unterscheidet. Trotzdem spürte ich, in den wenigen Sekunden, die Rosas Blick in meinem ruhte, dass sich hinter diesen Augen ganze Landschaften erstreckten. Dass dahinter wirklich jemand war und Rosa mich mindestens ebenso eingehend studierte wie ich sie.

Ich bekomme ein weiteres Bild von Maiken, diesmal ist ein Stückchen gestrickte Wolle darauf zu sehen. Als wir vor zwei Jahren in Island waren, haben wir viel zu viele Knäuel davon gekauft mit dem festen Vorsatz, beide einen Pulli zu stricken. Ich habe gar nicht erst angefangen, Maiken kam genau so weit, etwa zwölf Maschen, die mit viel gutem Willen den Ansatz eines Ärmels darstellen. Sprich, ein vollkommen aussichtsloses Unterfangen.

So groß ist mein Kind jetzt.

Am Freitagmorgen beginne ich den Arbeitstag wie gewöhnlich mit dem Gang in den Umkleideraum. Durch die äußere Verwandlung, die Hose und das T-Shirt mit dem Logo des Oceaneums, verfremde ich mich gerade genug für mich selbst, um weitergehen zu können, ins Herz des Aquariums. Und auch wenn ich eine Fremde unter meinen Kollegen bin und obwohl meine in gefrorenem Fisch vergrabenen Hände nach zwei Minuten vor Kälte pochen, habe ich anscheinend, ohne genau sagen zu können, wann das passiert ist, in einen Rhythmus gefunden.

Seit Johannes mir Rosa vorgestellt hat, bin ich immer wieder bei ihr vorbeigegangen, um sie zu sehen, deshalb sage ich sofort zu, als er fragt, ob ich später bei ihrer Fütterung dabei sein möchte. Ein paar Minuten vor der vereinbarten Zeit stehe ich auf der Rückseite des Tanks, während auf der Vorderseite ein Grüppchen Besucher fasziniert hineinstarrt. Eine Frau zückt ihr Handy und filmt. Ein Junge drückt sein Gesicht gegen das Glas, wendet sich wieder ab.

Rosa hängt dort drinnen an der Wand, sie gleicht mehr einer Pflanze als einem Tier, sanft pulsierend, während ihre Kiemen Sauerstoff aus dem Wasser ziehen. Weiß sie, dass ich gerade hier stehe? Dem Anschein nach hat sie keine Probleme außer dem unlösbaren, dass sie hier drin ist. (Diesbezüglich erinnert sie mich an mich selbst.) Fürs Essen ist gesorgt, ihre Umgebung wird täglich sauber gemacht, hier gibt es niemanden, der sie töten will. Und damit: Nichts, wofür es sich zu kämpfen lohnt.

Als Johannes kommt, hat er eine lebende Krabbe in einem Behälter dabei. Er hat mir nicht gesagt, wie die Fütterung vonstattengehen wird, aber jetzt kippt er die Krabbe in ein Marmeladenglas mit etwas Wasser und schraubt den Deckel zu.

»Magst du?«

Er hält mir das Glas hin. Ich platsche in der Wasseroberfläche, um Rosa zu rufen, und als sie sich in Bewegung setzt, lasse ich ihre Beute zum Grund sinken. Ehe das Glas unten aufsetzt, schlingt Rosa ihre Arme darum.

Und dann schauen wir zu, Johannes und ich allein auf der Rückseite und gleichzeitig gemeinsam mit den Zuschauern auf der Vorderseite, wie Rosa zum Angriff übergeht, die harte Oberfläche mit ihren weichen Saugnäpfen abtastet. Ihre Bewegungen haben etwas Ruhiges, beinahe Fürsorgliches, und insgeheim wünschte ich, es könnte so bleiben.

Doch dann ändert sie die Taktik und umhüllt das Glas wie ein Tuch, erst aufgespannt, dann wogend und in rhythmischen Stößen. Als sie sich löst, ist der Deckel aufgeschraubt, und zwei ihrer Arme bewegen sich an der Innenseite des Glases entlang auf die Krabbe zu.

»Stell dir mal vor, wenn man zwei Drittel des Gehirns in den Armen hat«, sagt Johannes träumerisch, und in diesem Moment mag ich ihn wirklich. Denn er hat ja recht; die Vorstellung, mit den Händen schmecken und riechen zu können, mit einer einen Gedanken zu fassen, während die andere mit einer Muschel spielt.

»So.« Johannes schaut auf die Uhr, Rosa hat der Krabbe Gift injiziert und sie in ihre Höhle gezogen. Sandkörner und Fleischfetzen trüben bereits das Wasser um den Eingang, gleich wird nur noch ein blankes Skelett übrig sein. »Haust du um die Zeit nicht normalerweise ab?«

Es ist kurz nach vier. Ich bleibe aus Prinzip nie eine Minute länger als Punkt sechzehn Uhr. Ich schaue wieder zu Rosa.

Noch fünf Minuten.

Eierstirn hat mich heute Mittag schon mehrfach angerufen, aber ich gehe nicht ran. Zum einen, weil ich, außer mit Maiken, äußerst ungern telefoniere, aber auch, weil ich mir nicht mehr sicher bin, was ich ihm antworten soll.

Als ich in der Metro auf dem Heimweg vom Aquarium wieder mein Handy checke, hat er auf die Mailbox gesprochen. Die Ansage ist klar. Die vier Wochen sind um, und wenn es mir nach wie vor nicht gefällt, kann ich schon nächste Woche die Stelle wechseln. Er hat mit der Inhaberin eines Stoffladens gesprochen, die eine Stelle für mich hätte. Ein Stoffladen, im Ernst jetzt? Manchmal bekomme ich den Eindruck, Eierstirn lebt einzig und allein aus dem Grund, mich zu quälen.

»Deutlich weniger Fische«, wie er sagt, und da hat er natürlich recht. Trockene Hände, keine Innereien und glitschige Lappen, nur Wolle, Nähgarn und Stapel mit bunten Stoffen. Eine Weile betrachte ich das Foto des Ladens auf meinem Display, versuche mich darin zu sehen.

Ich rufe nicht zurück – gibt keinen Grund, eine große Nummer draus zu machen –, sondern schicke nur eine kurze Nachricht, dass sich die Fische als minimal erträglicher erwiesen haben als ursprünglich angenommen.

Wenig später ploppt seine Antwort auf: ein blaues Daumenhoch. Dann noch vier Monate ab jetzt, schreibt er und schafft es irgendwie, es nach einer Drohung klingen zu lassen.

Das Gehirn eines Oktopus befindet sich in einer Knorpelkapsel im Zentrum des Körpers, genauer gesagt im Eingeweidesack – dem Teil, den wir uns als Kopf denken, der aber auch das Verdauungssystem und die übrigen Organe enthält. Oktopusse haben zwei große Augen, von denen sie in der Regel eines bevorzugen. Das Sehen ist nicht koordiniert wie bei uns Menschen, jedes Auge formt sein eigenes Bild.

Bislang war man sich einig, dass Kraken keine Farben sehen können, die Welt also in Schwarzweiß wahrnehmen. In Versuchen hatten sie Schwierigkeiten, verschiedenfarbige, identische Objekte zu unterscheiden, vielleicht weil sie nicht alle dafür nötigen Arten von Fotorezeptoren besitzen. Aber wie können sie dann im steten Wechselspiel mit der Umgebung ihre Farbe ändern? Von Moosgrün zu einem sprenkeligen, mit silbrigen Fäden durchzogenen Orange?

Zusätzlich zu den Zellen, die Farben in der näheren Umgebung spiegeln, haben Wissenschaftler Fotorezeptoren in der Haut von Oktopussen gefunden. Ist es möglich, dass die Haut Farben erkennt und somit sieht, was die Augen nicht sehen? Kann die Haut eine bestimmte rote Pflanze mit rüschenartiger Struktur bemerken und sich ihr angleichen, die drei auf dem sandigen Grund liegenden Arme dabei aber golden belassen? Denkende Arme, sehende Haut?

Keine fertigen Bilder, aber Veränderungen im Licht. Eine flimmernde Ahnung von Violett?

Ich wende das Gesicht zum Fenster. Im Hof ist es dunkel, aber ich kann immer noch einige der Bäume ausmachen, die rechteckigen Konturen des Fahrradunterstands. Es ist vollkommen möglich, gewissen Dingen gegenüber blind zu sein und trotzdem auf sie zu reagieren, oder nicht? Auf der anderen Seite … Ergibt es Sinn, dass ein farbenblindes Tier einem farbenblinden Partner mittels hochkomplexer Farbwechsel seiner Haut zu imponieren versucht?

Ich beuge mich wieder über das Buch: Neueren Erkenntnissen zufolge könnte ein weiteres Phänomen dazu beitragen, dass Kraken sehr wohl Farben sehen, auch wenn die sezierten Augen etwas anderes sagen.

Alte Bilder, auf einer Netzhaut gespeichert; zeig mir, was du siehst, und ich sage dir, wer du bist. Vielleicht sind die Augen dank ihrer ungewöhnlich geformten Pupille trotz allem in der Lage, Farbabweichungen wahrzunehmen – dank eines optischen Effekts, durch den je nach Abstand zur Linse verschiedene Wellenlängen oder Farben des Lichts fokussiert erscheinen. Was siehst du, wenn du mich anschaust?

Es ist nach Mitternacht, weit nach Mitternacht. Ich blättere und blättere und nähere mich etwas, das zu wissen ich noch immer nicht bereit bin.

4

Wollen wir heute Abend was unternehmen?« Maiken, die mit dem Handy in der Hand und untergeschlagenen Beinen dasitzt, Maiken, die mir ein leuchtendes Rechteck voller Möglichkeiten hinhält.

»In der Frauenkirche wird ein Film gezeigt«, sagt sie. »Man liegt auf dem Boden und schaut ihn an der Decke.«

Diese Szene: Ich, die sich Maiken zuwendet, sie, die mir etwas reicht, wir haben sie schon so oft durchgespielt. Vielleicht seit dem ersten Tag an der Fachoberschule, als ich nach dem Pausenklingeln allein im Klassenraum saß und sie plötzlich vor mir stand.

»Vigga?«

»Victoria.«

»Kommst du nicht mit raus?«

Und eigentlich habe ich nur hochgeschaut, um zu sagen: »Nein, warum sollte ich?« Aber irgendetwas an ihrem Gesicht, vielleicht dass ich sah, dass sie es ernst meinte, brachte mich dazu, allen Widrigkeiten zum Trotz aufzustehen und mitzugehen. Sie, die mir meinen Namen gegeben hat, sie, die mir die Hand reichte und mich hochzog. Diese Bewegung macht uns in meinen Augen aus.

Inzwischen ist ihr bestimmt klar, dass ich in Wahrheit auf praktisch nichts von dem, was sie vorschlägt,

Lust habe. Und dass ich es trotzdem tue, für sie. Für die, die wir zusammen sind. Und manchmal finde ich es furchtbar und gehe früher von einer Party nach Hause, weil es einer dieser Tage ist, an denen ich nicht zur Welt durchdringen kann. Aber andere Male, wie damals, als wir Interrail machten, entpuppt sich ein Vorschlag von Maiken als Volltreffer und wird zur besten Zeit meines Lebens.

Wenn man etwas zu erzählen haben will, muss man Opfer bringen, ist so einer ihrer Sprüche. Aber heute Abend braucht sie mich nicht zu überreden. Schulter an Schulter in einem dunklen Kirchenraum liegen, während das Licht über das Gewölbe tanzt, damit wird bald Schluss sein. Ihr Bauch wird gnadenlos immer mehr von dem Terrain einnehmen, das ich bislang als meins erachtet habe, ich muss nehmen, was ich noch kriegen kann.

Als wir zwei Stunden später zwischen den anderen ausgestreckten Gestalten auf den Matratzen liegen, sozusagen auf dem Grund der Dunkelheit, greife ich deshalb ihre Hand und halte sie, bis der Film vorbei ist.

Auch wenn Johannes es zu keinem Zeitpunkt direkt ausspricht, treffen wir die stille Übereinkunft, dass ich einen Teil von Rosas Pflege übernehme. Morgens, bevor der Arbeitstag beginnt, gehe ich bei ihr vorbei, um ihr einen Snack zu bringen, und ich gewöhne mir an, mein Mittagessen auf einem Hocker auf der Rückseite ihres Tanks einzunehmen. Je häufiger ich sie sehe, desto klarer erscheint sie mir, und nachdem sie mir anfangs fremdartig, beinahe abstoßend vorkam, erinnert sie mich im Laufe der Wochen zunehmend an Mona, den Cockerspaniel, den wir in meiner Kindheit hatten und der mir beim Heimkommen von der Schule immer im Flur entgegengerannt kam. Auf dieselbe Weise schwimmt Rosa nun vom Grund herauf, sobald ich den Deckel ihres Tanks öffne, und umschlingt meine Hände. Die Zurückhaltung, mit der wir einander am ersten Tag begegnet sind, haben wir längst abgelegt.

Anfangs dachte ich, sie würde versuchen, mich mit hinunter in ihr Becken zu ziehen. Ich stellte mir vor, wie furchteinflößend sie wäre, hätte sie die zehnfache Größe und befände sich zu Hause in ihrem wahren Element. Wie sie mich mühelos zum Grund befördern würde, ohne zu begreifen, dass es mein Tod wäre. Doch eines Morgens, als ich für ein paar Minuten bei ihr sitze, bevor die Gäste auftauchen, kommt mir der Gedanke, dass es genauso gut umgekehrt sein könnte: dass Rosa versucht, sich hochzuziehen. Dass ihre ausgestreckten Arme vergleichbar denen eines Kindes sind, das sie Sekunden nach einem Albtraum im Gitterbettchen seinen Eltern entgegenreckt.

Manchmal will sie offenkundig nicht zurück in ihr Becken, und ich muss sie förmlich von mir wegstoßen. Ihre weichen Arme versteifen sich und strecken sich zu mir hin, noch ein Stück, und noch ein Stückchen mehr, bis sie schließlich aufgibt und zum Grund sinkt. An solchen Tagen fällt es mir besonders schwer, nach Hause zu gehen.

Trotzdem bin ich mir unsicher, wie viel Mitleid ich mit ihr haben sollte. Natürlich ist es traurig, dass sie hier gefangen ist, aber wie traurig genau? Kann sie sich an die wogenden Wellen erinnern, an wirbelnde Tänze über den Meeresgrund? Weiß sie noch, wie es war, im nächtlichen Meer auf die Jagd zu gehen, kann sie etwas vermissen, was sie längst vergessen hat?

Ich habe keine Ahnung. Es ist schwer genug, andere Menschen zu verstehen; sich in ein Wesen hineinzuversetzen, das so grundlegend anders ist, scheint ein Ding der Unmöglichkeit. Und trotzdem, schon jetzt: ein Gefühl des Wiedererkennens, wann immer ich sie sehe.

Abgesehen von Maikens wöchentlichen Bildreportagen ist dem Anschein nach alles wie sonst. Wir verbringen weniger Zeit miteinander, was allerdings auch am Aquarium liegt. Unter der Woche habe ich weniger Zeit, bin müder. Wir treffen uns aber nach wie vor, schauen fern, essen, erzählen uns, was wir erlebt haben. Aber etwas hat sich auch verändert. Manchmal schläft Maiken mitten bei einem Film ein, und dann sitze ich da. Weiß nicht recht, wohin mit mir selbst, bis Daniel auf einmal auftaucht und eine Decke über sie breitet, mir zulächelt und flüstert, dass das ständig passiert.

Oder sie steht unvermittelt auf und geht in mein Badezimmer, um zu brechen, einfach so, zwischen zwei Sätzen, wie ein langsames Ausatmen. Kehrt dann etwas blass um die Lippen zurück und fährt fort, als wäre nichts gewesen: »Was wolltest du sagen?«

Eines Abends kommt sie einfach nicht. Ich habe den Boden gewischt und gelüftet, drei Kerzen angezündet und auf die Fensterbank gestellt, die mal ihr Platz war, aber es wird halb acht und acht, und sie taucht weder auf noch geht sie ans Handy. Das ist überhaupt nicht ihre Art, aber gerade als ich anfange, mir Sorgen zu machen, ruft sie an.

»Tut mir so leid«, sagt sie. »Ich hab's voll vergessen, irgendwie bin ich so verpeilt im Moment.«

»Kein Problem.« Ich schaue im Wohnzimmer umher, blicke auf die drei Kerzen. »Wir treffen uns einfach wann anders.«

Und die Zeit rinnt unmerklich durch uns hindurch, und die Tage verstreichen, während der Fötus wächst und sachte etwas auseinanderschiebt, was vorher doch so nah war.

»Heute ist sie wütend«, sagt Johannes eines Morgens, und es braucht einen Moment, bis ich begreife, dass er vom Meer spricht. Von der See als einer weiblichen Kraft mit eigenem Willen und aufgewühlten Gefühlen, jetzt da der Wind die Wogen gegen das Aquarium peitscht.

So habe ich es noch nie betrachtet. Das Meer hat kein Geschlecht für mich, keine Gefühle, es ist einfach, so wie es früher für die Tiere galt. Ein Frosch, ein Aal, ein Barsch. Ausdruckslose Augen, triebgesteuerte Wesen ohne Bewusstsein. Früher hatte ich keine Ahnung, dass es bei Fischen Rogner und Milchner gibt, habe, wenn ich sie sah, nicht über Farbe und Größe hinausgedacht, vielleicht höchstens noch auf den Geschmack geachtet, damals, als ich noch Fisch aß. Genauso mit Rosa. Anfangs, als ich keine Sprache hatte, um ihre Welt zu verstehen, erschien sie mir eindimensional wie eine Strichzeichnung auf einem Blatt Papier. Aber allmählich verschiebt sich etwas. Auf eine Weise, die das monotone Hin-und-her-Bewegen der Wischlappen und Messer und gefrorenen Krebstiere in den Hintergrund treten lässt und dazu führt, dass ich mich selbst hier finde, inmitten der surrenden Atemzüge des Aquariums. Je mehr der Tiere ich beim Namen nennen kann, je bewusster mir wird, wie facettenreich ein Geschöpf wie

Rosa ist, desto mehr entfaltet sich dieses neue Universum um mich herum.

Ich sitze auf meinem Hocker und bin mitten beim Essen, als Rosa mich wieder einmal überrascht. Der Großteil ihres Rumpfes und der Kopf mitsamt fünf der Arme schauen zum Eingang der Höhle heraus. Ausnahmsweise ist sie nicht zu mir nach oben gekommen, obwohl der Deckel ab ist, und ich finde es schön, dass wir auf diese Weise zusammen sein können. Dass es immerhin etwas gibt, was sie selbst bestimmt.

Sie sitzt also da mit ihrer üblichen hübschen Korallenfarbe, der Mantel bewegt sich rhythmisch und stößt verbrauchtes Wasser durch den Siphon aus – das wie ein kurzer Schnorchel hinter einer Hautfalte hervorlugende Trichterorgan. Und dann, urplötzlich, ändert sie ihr Erscheinungsbild. Ein kräftiges Rot wogt durch sie hindurch, geht binnen eines Atemzugs in Braun über. Ihre Haut, die eben noch seidig glatt war, zieht sich gänsehautartig zusammen, bildet dann eine warzige Textur mit winzigen Hörnern und wechselt abermals die Farbe. Etwas schießt über sie hinweg und bläst den bläulichen Ton fort, bis sie wieder blassorange ist. Auch die Oberfläche ist wieder glatt, das Ganze hat weniger als eine Minute gedauert. Rosas Augenlider sind nahezu geschlossen, offenbar schläft sie. Aber was habe ich dann da eben miterlebt?

In der Metro auf dem Heimweg versuche ich herauszufinden, ob Oktopusse träumen können. Die Meinungen gehen auseinander. Dem Anschein nach ist es vor allem Glaubenssache, denn wie sollen wir wissen, was hinter den Lidern von jemandem vorgeht, der keine Worte hat, um uns nach dem Aufwachen davon zu erzählen? Ich muss wieder an unseren Hund Mona denken. Sie ist häufig beim Schlafen galoppiert, und als Kind war ich mir sicher, dass sie dabei endlose Felder vor ihrem inneren Auge sah. Aber wie ist es bei Rosa, der großen Verwandlungskünstlerin? War das ein Traum, der sich da eben auf ihrer Haut abgespielt hat? War es Tarnung oder prickelnde Freude, die, Sekunden bevor sie im Traum die Arme um ihre Beute schlug, durch sie hindurchrauschte? Oder lassen sich sowohl der Galopp meines Hundes als auch Rosas Farbwechsel auf ein Gehirn reduzieren, das Impulse ohne Empfänger abfeuert; bloße Neurochemie, kein Traumtheater?

In einem Artikel über das Träumen bei Tieren lese ich, dass Vögel während des Schlafens ähnliche Hirnaktivitäten zeigen wie tagsüber beim Singen, was darauf hindeutet, dass sie wie wir von ihrem Alltag träumen, im Schlaf das Singen üben. Ähnliches lässt sich bei Versuchen mit Ratten beobachten, die tagsüber durch ein Labyrinth gelaufen sind und dies im Schlaf wiederholen. Aber woher weiß man, ob die Tiere tatsächlich etwas dabei erleben? Ich lehne mich auf dem Sitz zurück, ich weiß, welcher Meinung ich mich anschließe. Der, die mir sagt, dass Rosa, so unfrei sie auch ist, wenigstens in ihren Träumen die Freiheit genießt, über den Meeresboden zu wirbeln, sich von der Strömung am Mantel kitzeln zu lassen und in den müßigen Stunden Schwärmen schillernder Korallenfische zuzusehen.

An diesem Abend denke ich vor dem Einschlafen an Rosa.

Ob sie je von mir träumt?

Am Freitagmorgen bleibe ich nach dem Weckerklingeln noch ein paar Minuten in der Dunkelheit liegen und überlege, was anders ist. Wo das gute Gefühl herkommt.

Kasper, der Einzige, mit dem ich je eine Beziehung geführt habe, bei der man anfängt zu überlegen, ob man nicht vielleicht zusammenziehen sollte, wo man ohnehin die meiste Zeit in der Wohnung des anderen verbringt, hat mal gesagt, egal was ich mache, richtig wohlfühlen werde ich mich nie. Für die Art Zufriedenheit sei ich nicht der Typ. Für mich klang das, als beschwöre er es damit herauf; als könnte ich hinziehen, wo ich will, ohne mich je zu Hause zu fühlen, arbeiten, wo ich will, ohne je dorthin zu passen.

In der Zeit nachdem er in die USA gegangen war, um seine »Karriere zu verfolgen«, nachdem ich wieder allein war, habe ich viel darüber nachgegrübelt, was mit mir nicht stimmt. Seit ich denken konnte, hatte ich das Gefühl, die Dinge berührten mich weniger, als es anscheinend bei anderen der Fall war, als würde mir der Filter fehlen, durch den alles Sinn ergibt, und ich bekam Angst, das könnte bedeuten, dass nichts zu mir durchdringen kann. Dass irgendwo in mir drin etwas kaputt ist.

Mit der Zeit ist es besser geworden. Nicht weil die

Welt plötzlich Sinn ergibt oder ich mich plötzlich nicht mehr anders fühle. Ich glaube, es macht mir einfach weniger zu schaffen. Außerdem habe ich Maiken. Mit ihr passiert es manchmal, dass alles, was sonst lose herumfällt, seinen Platz findet.

Trotzdem mache ich mir immer noch ab und zu Gedanken, weil mir die Richtung fehlt, die ich bei anderen sehe. Ich habe nie für irgendetwas gebrannt oder bin morgens zu einem Job mit dem Gefühl, es wäre wichtig, dass ich dort erscheine, und vielleicht ist es das, was sich verändert hat. Vielleicht fühlt es sich deshalb nach *etwas* an – nicht nur nach nichts, sondern nach etwas –, dass ich hier in meinem Bett liege und spüre, ich freue mich darauf, Rosa zu sehen.

»Du hast ja richtig viel zu tun im Moment«, sagt Maiken eines Tages, als sie anruft. Als wäre ich diejenige, die sich entfernt.

Wir telefonieren fast eine Stunde. Sie erzählt, wie viel Daniel und sie ein Kinderwagen und Stoffwindeln und tausend andere Dinge kosten werden, von denen sie keine Ahnung hatte, dass man sie braucht, die ihr Umfeld aber für unerlässlich hält. Ich sehe sie auf einem Berg aus Babyzubehör vor mir, der Bauch eine triumphierende Kuppel, und ich glaube, ich lache an den richtigen Stellen, dabei habe ich die ganze Zeit das verquere Gefühl, sie zu vermissen, obwohl sie doch hier ist.

Sie erkundigt sich nach dem Aquarium, woraufhin ich vom Fischgestank erzähle, den ich nur noch wahrnehme, wenn ich meine Sachen zur Wäsche gebe und er mir kurz entgegenwallt, und von meinen wunden Händen, die ich jeden Abend mit Helosan eincreme.

»Wir haben alle eine Lieblingscreme«, erkläre ich. »Kokosöl ist am besten, aber Rosa mag den Geschmack nicht, deshalb …«

Maiken unterbricht mich: »Rosa?«

»Unser Oktopus.«

Ich weiß, dass ich den Namen schon erwähnt habe, aber vielleicht ist das noch so eine Art Information, die Maikens Hirn sich neuerdings schlechter behält.

»*Unser* Oktopus?«, wiederholt sie. »Moment, gefällt's dir jetzt etwa im Fischgefängnis?« In ihrer Stimme schwingt Unglauben mit. »Dir macht es Spaß da«, sagt sie dann, langsamer diesmal.

Ich protestiere schwach, ohne dass eine von uns es glaubt. Irgendwie ist es schön, es Maiken laut aussprechen zu hören. Außerdem scheint sie eher überrascht als entrüstet. Statt mir vorzuwerfen, die im Aquarium hätten mir anscheinend das Gehirn gewaschen, schlägt sie vor, mich demnächst mal dort zu besuchen.

»Wobei ich nach wie vor finde, das Ganze hat was von Arche Noah«, meint sie und stellt ihre Stimme höher: »Jetzt setzen wir alle hübschen Fischlein in das teure Aquarium und kümmern uns gut um sie, derweil dürfen ihre hässlichen Artgenossen auf der anderen Seite am Sauerstoffschwund eingehen.«

»Wenigstens machen wir auf die Krise aufmerksam«, höre ich mich mit einem weiteren überraschenden »Wir« erwidern. »Im Aquarium gibt es eine ganze Ausstellung über Plastik.«

Maiken stöhnt.

»Ich muss pinkeln«, sagt sie. »Schon wieder.«

Keine Ahnung, warum ich von Kokosöl geredet habe, wo ich Maiken hätte erzählen können, dass Rosa sich fast jeden Tag um meinen Unterarm schlingt. Dass es Arten der Wahrnehmung gibt, von denen ich gar nicht wusste, und dass ich abends immer mehr lese oder Videos schaue, um die Tiere im Aquarium besser zu verstehen. Vielleicht habe ich das für mich behalten, weil ich weiß, wie sehr Maiken alles von Schweinehöfen bis hin zu Zoos hasst, vielleicht wollte ich etwas für mich allein, jetzt da sie den Bauch hat. Außerdem ist da noch eine Sache, auch wenn ich wünschte, es wäre anders: Je mehr sich der Raum zwischen uns ausdehnt, desto schwieriger wird es, miteinander zu reden. Ich weiß nicht länger alles über Maiken, und obwohl diese Entwicklung bestimmt schon begonnen hat, als sie mit Daniel zusammenkam, ist das hier eine fundamental andere Entwicklung. Ich habe keine Ahnung, wie es sich anfühlt, ein Kind im Bauch zu tragen, und ganz offenbar bin ich auch nicht in der Lage, sie danach zu fragen. Und Maiken, der Tiere im Grunde fremd sind, selbst wenn sie jederzeit für sie eintreten würde – wie sollte sie jemals verstehen, was ich mit Rosa teile?

Ein paar Minuten nachdem wir aufgelegt haben, schickt Maiken mir ein Bild von einem roten Luftballon. Er wird von zwei Fingern zugehalten und ist so prall mit Wasser gefüllt, dass das Gummi stellenweise fast durchscheint. Die Bildunterschrift lautet: *Ich bin Maikens überdramatische Blase.*

Das ist so ein Ding, das wir mal angefangen haben, als wir einen Filmkurs an der Abendschule besuchten, damals als Maiken noch glaubte, sie würde die neue Agnès Varda. In der dritten Stunde ging es um Kapitalismuskritik, unsere Dozentin zeigte *Fight Club*, und noch am selben Abend gründeten Maiken und ich die

Nihilistische Seifenkompanie. Wir waren die einzigen Mitglieder, und da die einzige Regel des Clubs lautete, dass man nicht darüber sprach, vergaßen wir ihn rasch wieder. Die wenigen Male, die der Club formell zusammentraf, taten wir genau dasselbe wie immer: auf diversen Möbeln liegen und reden, bis wir merkten, dass wir eingeschlafen waren und der Morgen anbrach. Durch sämtliche Läden in der Fußgängerzone bummeln und gegenseitig Modenschau laufen, Popcorn machen, Wein trinken und Kuchen backen, die größtenteils aus Banane bestanden und immer am Boden anbrannten. Doch obwohl der Club sich aufgelöst hat, sind zwei Dinge erhalten geblieben: Flashbacks an die auf ewig traumatisierende Szene des Films, als eine Tüte voll flüssigem Fett auf dem Rückweg über einen Stacheldrahtzaun aufreißt, wann immer eine von uns ein Stück Seife sieht. Und dann die Bilder, die wir uns regelmäßig schickten, um uns gegenseitig über unsere in Mitleidenschaft gezogenen Organe zu berichten: blutende Gebärmütter, zerbrochene Herzen, all so was. Ein vertrockneter Regenwurm oder ein Straßenschild, gegen das jemand mit Vollkaracho gefahren ist: Ich bin Viggas lädierte Libido.

Und jetzt also: Die hormonell aus dem Gleichgewicht gebrachte Blase, die meine Freundin in einem Radius von zwanzig Metern ums Klo gefangen hält.

Die meisten Leute im Aquarium finden den Rotfeuerfisch schön, aber ich mag ihn nicht. Er hat giftige Stacheln auf dem Rücken und zwei große Flossen, die er spreizen kann, um die hinteren Flossen zu verstecken. Dadurch sieht es aus, als stünde er still im Wasser, obwohl er sich bewegt, was es ihm ermöglicht, sich einem Fischschwarm zu nähern, ohne dass dieser in Panik gerät. Plötzlich ist er einfach da, öffnet sein Maul, wodurch ein massiver Unterdruck entsteht, und saugt seine Beute ein, ehe sie ahnt, was geschieht. Oft merken die anderen Fische nicht einmal, dass ihr Kamerad gefressen wurde, so schnell geht es.

»Übrigens hatte ich neulich ein Gespräch mit deinem Sachbearbeiter vom Jobcenter«, sagt Johannes. Er klebt Korallenstücke für eine neue Ausstellung zusammen und sieht aus wie jemand, der seinen Nippes auf der Fensterbank arrangiert.

»Eierstirn«, werfe ich ein. Johannes brummt.

»Jedenfalls wollte er hören, wie es läuft.«

»Ja?« Konzentriert ziehe ich meinen Magneten über die Vorderseite des Rotfeuerfischaquariums. Auf der Innenseite des Tanks, befestigt an dem zweiten Magneten, liegt ein Schwamm an. Der ganze Vorgang hat etwas sehr Befriedigendes, wie wenn man einen Fensterwischer über die frisch geputzte Scheibe zieht und die

Sonne wieder hindurchfluten kann. »Und, wie läuft es?«

»An sich ist es völlig okay, wenn man am liebsten für sich ist. Er ist auch so einer.« Johannes weist mit einem Nicken auf den Rotfeuerfisch, der sich hinter ein paar Pflanzen vor uns versteckt. »Aber es wäre nett, wenn du beim Kommen ›Guten Morgen‹ sagen würdest und dich beim Gehen verabschiedest. Und vielleicht gibst du zu erkennen, dass du deine Kollegen schon mal gesehen hast, wenn du uns auf dem Gang triffst?«

Ich zucke mit den Schultern. Auf längeren Gängen meide ich Augenkontakt konsequent, weil es unmöglich ist, das Hochgucken richtig zu timen. Entweder ich schaue zu früh hoch, wodurch ich den Blick unerträglich lange halten müsste, oder zu spät, sodass ich nur noch die Stirn der vorbeigehenden Person sehe. Da lasse ich es lieber gleich bleiben. Übers Grüßen habe ich mir nie wirklich Gedanken gemacht, außer dass ich immer das Gefühl habe, jemanden damit bei etwas zu unterbrechen. Aber wenn es ihm so wichtig ist, kann ich es ja probieren.

»Von mir aus«, sage ich. Ein kleiner silberner Fisch stupst immer wieder gegen meinen Schwamm, als wollte er mir etwas sagen. Ich bewege den Schwamm. Der Fisch folgt ihm.

»Super. In dem Fall läuft alles bestens, das habe ich …« Johannes verstummt kurz, testet den Namen in Gedanken. Dann sagt er: »Das habe ich Eierstirn auch gesagt.«

Ein weiterer Arbeitstag geht zu Ende. Ich trete einen Schritt zurück, um mein Werk zu begutachten. Die Scheiben unseres zweitgrößten, langen Aquariums mit dem Korallenriff glänzen. Die durch die Pumpen erzeugte Strömung kräuselt die Oberfläche, und die weichen, leuchtend bunten Korallen wogen sanft hin und her. Die Szenerie sieht wirklich aus wie ein Stück Meeresboden, das jemand ausgeschnitten und hierher versetzt hat. Alles ist still dort drinnen, jedenfalls scheint es so für mich. Andererseits, woher will ich wissen, ob der blau-gelbe Azur-Riffbarsch, der gerade vorbeischwimmt, die Elektrizität der Wärmelampe oder das nervige Surren des Filters registriert?

Vor ein paar Tagen bin ich auf einen Artikel gestoßen, in dem stand, wie sehr das Knattern von Bootsmotoren Wale selbst aus Kilometern Entfernung stresst. Wie manche von ihnen aus Angst vor den bedrohlichen Schatten an der Oberfläche nicht zum Atmen auftauchen und deshalb ertrinken.

Was, wenn all die regenbogenfarbenen Fische dort in dem Kasten vor mir umherschwimmen und ihnen der Puls in den Schläfen pocht wegen des Lärms, den wir verursachen, um sie am Leben zu halten?

»Kaffee? In einer halben Stunde?«

Es kann so einfach sein. Selbst wenn Maiken sich wandelt und mir dabei zu entgleiten droht, noch ist es nicht so weit. Noch ist sie da.

Sie sitzt schon im Café, als ich reinkomme, in einem lockeren blauen Oberteil, das ich noch nicht an ihr gesehen habe, und ich bin baff, wie sehr sich ihr Gesicht verändert hat. Sie ähnelt ihrer Schwester. Das ist mir vorher nie aufgefallen, aber die Schwangerschaft lässt sie runder, älter und schöner erscheinen.

»Du siehst toll aus«, sage ich.

»Ja, oder?« Maiken drückt den Rücken durch, sodass sich ihr Bauch vorwölbt.

Seit ich sie kenne, trinkt sie ihren Kaffee auf dieselbe Art: schwarz, mit so vielen Extra-Shots wie nur irgend möglich.

»Nur einen Latte«, sagt sie jetzt, als ich bestellen gehe. »Mit Hafermilch.«

»Einen Latte?«, wiederhole ich. »Wer bist du und was hast du mit Maiken gemacht?«

Maiken zuckt mit den Schultern und zeigt mit dem Kinn auf ihren Bauch.

»Wie geht's dir?«

Es kommt mir vor, als wäre es Jahre her, seit wir zuletzt hier so gesessen haben, in der Zwischenzeit muss wahnsinnig viel passiert sein, zumindest in ihr drin, und ich würde sie am liebsten bitten, mir alles zu erzählen. Ihr klarmachen, dass ich jede Einzelheit wissen muss, wenn ich eine Chance haben soll, den Weg mitzugehen. Aber ich kann nicht, deshalb frage ich nur, ob ihr immer noch übel ist. Sie nickt.

»Direkt nach dem Aufwachen ist es am schlimmsten. Gestern hab ich es nicht mal aufs Klo geschafft, ich hab mich einfach im Bett aufgesetzt und gekotzt.« Sie lacht. »Komplett auf mich drauf. Daniel musste die Decke wie einen Sack nehmen und ins Bad tragen. So«, sie zeigt es mir mit den Armen, rümpft dann jedoch die Nase. »Boa, nee, mir wird gleich wieder schlecht, wenn ich nur daran denke. Erzähl du lieber, was gibt's Neues bei dir?«

Und klar, so läuft das, wenn man sich unterhält. Aus etlichen Dingen, die man sagen könnte, pickt man eines heraus, das besonders interessant ist oder von dem man glaubt, dass es den anderen zum Lachen bringen wird. So läuft das, nur denke ich mit Maiken normalerweise nicht bewusst darüber nach. Aber jetzt sind wir aus dem Tritt, oder ich bin es jedenfalls, und alles Mögliche, was ich früher einfach gesagt hätte, kommt mir auf einmal dämlich oder völlig belanglos vor. Außerdem fühle ich mich unsicherer als sonst. Als ich zum Beispiel nebenbei erwähne, dass ich angefangen habe, mittags mit Rosa zu essen, und merke, wie Maiken mich anschaut, befremdet oder sogar mitleidig, muss ich aufpassen, dass ich mich selbst nicht von außen betrachte und ins Stocken gerate. An die ganzen Mängel in meinem Leben denke, daran, wie unterschiedlich wir sind.

Maiken hört zu und trinkt ihren Latte, und für Außenstehende sehen wir wahrscheinlich genauso aus wie vor einem halben Jahr. Doch für mich fühlt es sich anders an; was früher so war, als würde man nach einem langen Tag endlich nach Hause kommen, gleicht nun eher der Gestresstheit, die man spürt, wenn man spät dran ist für eine Verabredung, auf die man noch nicht einmal Lust hat.

Ich spüre einen vertrauten Kloß im Hals, schiebe den Stuhl zurück und stehe auf.

»Ich geh kurz aufs Klo.«

Im Café gibt es nur eine Toilette, ein enger, fensterloser Raum. Ich schließe die Tür ab, beuge den Oberkörper vor und stütze die Hände auf die Knie. Nicht heulen. Da am Tisch sitzt keine Fremde, das ist Maiken. Das Gefühl, sie verloren zu haben, hat keine Berechtigung, sie ist doch direkt da draußen! Ich muss nur den Mund aufmachen und etwas Echtes sagen. Ihr in die Augen schauen und mir in Erinnerung rufen, was uns verbindet. Sie ist noch da, das weiß ich. Trotzdem schnürt mir das aufsteigende Schluchzen die Kehle zu.

Ich richte mich auf, trete zum Waschbecken und spritze mir Wasser ins Gesicht. Als ich einen Blick in den Spiegel werfe, sehe ich aus wie ein gescholtenes Kind.

Maiken sitzt zum Fenster gewandt und schaut hinaus. Zwei Tauben kämpfen auf dem Bürgersteig um eine Papiertüte.

»Weißt du noch, die Möwen in Perama?«, frage ich, nachdem ich wieder Platz genommen habe. Der Interrail-Trip war unsere erste richtige gemeinsame Reise, und immer wenn wir darüber reden, was alles schiefgelaufen ist, müssen wir lachen. An Tag vierzehn stiegen wir an einem staubigen Bahnhof in Griechenland aus dem Zug, nur um festzustellen, dass keine von uns das Zelt von der Gepäckablage genommen hatte. Unser Geld war alle, also schliefen wir eine Woche am Strand. Um uns herum bellten die wilden Hunde, die Wellen flüsterten, und ich habe nie wieder so viele Sternschnuppen gesehen wie an diesem Himmel, in dieser Finsternis mit Maiken.

»Hallo?«, sage ich. »Jemand zu Hause?«

»Sorry.« Sie reißt sich von den Tauben los, drückt die Hände ans Kreuz und streckt stöhnend den Rücken durch. »Perama? Kommt mir vor wie ein anderes Leben.«

Und dann streicht sie sich mit einem Ausdruck über den Bauch, der mich mit plötzlicher Zärtlichkeit erfüllt. Sie ist bereits die Mutter dieses Kindes, das ist offensichtlich. Kreist jetzt um ihre eigene Sonne.

»Ich kann nicht mehr gut so lange sitzen«, sagt sie. »Ist es okay, wenn wir gehen?«

Eines Morgens, während wir das Futter für den Tag portionieren, erzählt mir Johannes, wie Rosa ins Aquarium kam. Manche Kraken werden in Gefangenschaft geboren, Rosa aber kam in Freiheit zur Welt. Niemand weiß genau, wie alt sie war, als die Taucher sie fanden und mitnahmen, aber Johannes schätzt, sie muss etwa ein halbes Jahr gewesen sein. Ein paar Tage, nachdem sie gefangen worden war, kam der Biologe, der sie vom Meeresgrund aufgesammelt hatte, zu Besuch ins Aquarium. Er tauchte die Hand in das Becken, um Rosa zu begrüßen, worauf sie ihn so fest mit ihrem Hornschnabel biss, dass er mit drei Stichen genäht werden musste.

»Das war das einzige Mal, dass sie jemanden gebissen hat«, sagt Johannes. »Sonst ist sie ja eine der sozialsten Kraken, die wir je hatten.«

Während er spricht, arbeitet er kontinuierlich mit dem Messer. Öffnet einen Körper mit einem schnellen Schnitt, weidet ihn aus und trennt eine Flosse oder einen Kopf ab, schiebt bestimmte Teile auf dem Brett zur Seite. Würde es ihm genauso leichtfallen, läge dort eines der Tiere, um das er sich jahrelang gekümmert hat? Und wie wäre es bei mir? Wie ginge es meinen Händen damit, die ich dazu zwinge, dasselbe zu tun, nur langsamer, widerwilliger?

Später gehen wir bei Rosas Tank vorbei, aber sie ist nirgends zu sehen.

Ist sie geflohen?

Ich fasse instinktiv nach der Abdeckung, um mich zu vergewissern, dass sie fest verschlossen ist, doch Johannes beugt sich nach vorn und zeigt auf eine der Pflanzen. Und da sitzt sie. Es ist praktisch unmöglich, sie von der knorrigen, bräunlich violetten Oberfläche zu unterscheiden. Selbst die Haut um die schwarzen Pupillenschlitze hat die Farbe verändert.

»Keine Sorge.« Johannes klopft auf den Schließmechanismus. »Sie ist immer hier, du musst nur lange genug schauen.«

Seine Worte sind beruhigend gemeint, aber stattdessen machen sie mich traurig. Zum ersten Mal spüre ich, verstehe nicht nur, sondern spüre bis ins tiefste Innere, dass Rosa den Rest ihres Lebens in diesem Käfig verbringen wird. Dass es für sie nichts anderes geben wird.

Freitagnachmittag, eine weitere Arbeitswoche ist vorbei. Ich ziehe mich um und nehme mein Handy aus dem Spind. Nichts. Früher, vor dem Bauch, hätte ich um diese Uhrzeit schon mehrfach mit Maiken geschrieben oder telefoniert. Wie kann etwas so Winziges schon jetzt meine Welt verändert haben?

So viele Dinge, die ich inzwischen über Oktopusse gelernt habe, darüber, was es heißt, ein Oktopus zu sein. Den Mantel mit Luft füllen und steigen, dann wieder zum Grund sinken. Schwimmhäute zwischen den Armen haben und einem arrhythmischen, fließenden Bewegungsmuster folgen, sich in jede beliebige Richtung ziehen, abstoßen, den Kurs ändern können. Ich blättere durch ein weiteres Buch voller leuchtender Bilder, so viele Arten von Tintenfischen, die ich noch nicht kenne. Ich schreibe: Tintenfische sind wirbellose Tiere, genau wie Regenwürmer, Käfer, Schmetterlinge. Sie gehören zum Stamm der Weichtiere wie Schnecken und Muscheln. Wirbellose Tiere machen fast 99 % aller Arten auf der Erde aus, doch erst vor Kurzem haben gewisse Länder Gesetze zum Umgang mit ihnen erlassen, unter anderem in Bezug auf Transport und Tötungsmethoden. Lange dachte man nämlich, Tiere ohne Wirbelsäule empfänden keinen Schmerz.

Dann kamen Zweifel auf.

Ich downloade Artikel und lese Zusammenfassungen, während die Nacht sich über die Stadt legt, ich schreibe: Ein Oktopus wurde in ein Aquarium mit drei Kammern gesetzt. Anschließend wartete man, bis er sich einen Lieblingsplatz gesucht hatte. Dann wurde ihm jedes Mal, wenn er sich dort aufhielt, Essigsäure injiziert, woraufhin beobachtet werden konnte, dass er diese Kammer im Folgenden mied und jene bevorzugte, in der er eine lokale Betäubung erhielt. Ähnliches Verhalten wurde bei

Säugetieren beobachtet. Bei ihnen wird es als Beleg dafür angeführt, dass sie Schmerz und Unbehagen empfinden.

Ich finde einen aktuellen britischen Forschungsbericht, der über dreihundert Studien heranzieht und zu demselben Ergebnis gelangt, nämlich dass Krebstiere und Tintenfische höchstwahrscheinlich Schmerz empfinden. Dass Krabben leiden, wenn man ihnen die Scheren abschneidet, bevor man sie zurück ins Meer wirft, dass der Verkauf lebender Krebstiere an Leute, die im Umgang mit ihnen nicht erfahren sind, verboten werden sollte.

Nach Meinung der Wissenschaftler sollte Folgendes unterlassen werden: Kochen der Tiere bei lebendigem Leib, langsames Erhöhen oder Senken der Wassertemperatur, bis das Tier hierdurch stirbt, das Trennen des Bauches oder Kopfes vom Brustkorb, überhaupt jede Form von Zerlegung, solange das Tier am Leben ist.

Dem Bericht zufolge kommen in europäischen Gewässern verschiedene Tötungspraktiken bei Tintenfischen zur Anwendung, darunter das Aufschneiden des Gehirns, Totschlagen, Umdrehen des Mantels und Ersticken in Netzen. Die Wissenschaftler halten alle diese Praktiken für problematisch. Tatsächlich können sie keine Schlachtungsmethode nennen, die sowohl human als auch in größerem Maßstab praktikabel wäre. Sie sehen weiteren Forschungsbedarf.

Leben, bestimmte Gefühle wie Angst oder Unbehagen empfinden und in Stücke geschnitten werden, um anschließend in einem Topf mit kochendem Wasser zu landen.

Ich klicke den Bericht weg. Kaum verwunderlich, dass die meisten von uns lieber nicht hinsehen. Wie soll man ein solches Wissen ertragen?

Bist du noch da?

5

In letzter Zeit haben sich die Wochenenden verändert: weniger Erholung, mehr sich endlos wiederholende Routinen. Hose runterziehen, pinkeln, drei Stück Klopapier abreißen und doppelt falten. Ständig Klamotten an, Klamotten aus, duschen und wieder duschen, einen breitzinkigen Kamm durch die Haare ziehen und ein Büschel in den Müll werfen, unfassbar, dass das fortlaufend so weitergehen kann. Hin und her von der einen Beckenseite zur anderen.

Dieses Wochenende: sämtliche Luft aus einem Zimmer saugen und versuchen, sie in mir zu halten.

Am Samstag überlege ich, ob ich noch mal zum Sommerhaus fahren soll, kann mich aber nicht aufraffen und prokrastiniere stattdessen. Am Sonntag besuche ich Maiken. Daniel ist auch da, und seine offenkundige Freude über die Schwangerschaft erleichtert es mir aus irgendeinem Grund, auch Maikens zu sehen. Es kommt mir vor, als wäre ihr Bauch schon wieder größer geworden.

»Ah, das tut gut.« Sie beugt sich vor, damit ich sie am Kreuz massieren kann. »Mach weiter!«

»Ich kann nicht mehr«, sage ich und nehme die Hände weg.

»Okay, dann nimm die stattdessen.«

Sie wälzt sich umständlich auf dem Sofa herum und legt mir ihre geschwollenen Füße in den Schoß. Ihre kleinen niedlichen Zehen sind doppelt so groß wie sonst.

»Singst du für das Baby?«, frage ich.

Sie schaut hoch, lächelt.

»Nein, warum?«

Ich erkläre ihr, dass ich gelesen habe, dass Delfinmütter ihren ungeborenen Jungen immer und immer wieder den eigenen Namen vorsingen, damit sie ihn kennen, wenn sie auf die Welt kommen.

»Gelesen?«

Maiken guckt so überrascht, dass ich gekränkt sein sollte, aber bevor ich noch etwas sagen kann, kommt Daniel mit einem Tablett aus der Küche, und das Gespräch plätschert in andere Richtungen weiter.

Die Schwangerschaft wirft einen schwach glühenden Ring um Maiken, und so mühelos, wie Daniel ihn betritt und verlässt, ist offenkundig, dass er keine Ahnung von dessen Existenz hat. Er weiß nur, dass er Maiken eine Tasse Tee mit Milch und Honig machen muss, obwohl sie früher ausschließlich Kaffee getrunken hat. Dass sie zum ersten Mal in ihrem Leben weiße Schokolade lieber mag als dunkle und dass sie keine Nachrichten mehr schauen kann, weil sie dann so wütend wird, dass sie weinen muss.

All das ist neu für mich, und ich frage mich unweigerlich, was sich wohl noch alles verändert hat. Und auch wenn ich mich für Maiken freue, mischt sich Wehmut dazu, denn haben wir zwei früher nicht ganz genauso ausgesehen? Wie eine Einheit, unzertrennlich? Quer durch Europa, untergehakt die Fußgängerzone entlang.

»Hast du Vigga schon das mit dem Namen erzählt?«, fragt Daniel, und Maiken strahlt.

»Ach so, stimmt. Wir hatten an Bodil gedacht, falls es ein Mädchen wird.«

Sie streicht über die sanfte Rundung ihres Bauches, Daniels Arm um ihre Schultern geschlungen.

»Wie findest du den Namen?«

Und ich? Ich halte die mit Wasser gefüllten Füße

meiner besten Freundin im Schoß und bin eifersüchtig auf ein Wesen, das noch nicht einmal seinen ersten Atemzug getan hat und Gefahr läuft, den bescheuertsten Namen auf Erden zu bekommen.

Ich habe mich auf Rosa gefreut, und am Montagmorgen laufe ich sofort zu ihrem Tank, hieve die Abdeckung zur Seite und platsche mit der Hand im Wasser, um ihr mitzuteilen, dass ich da bin. Sie reagiert nicht.

»Glaubst du, sie ist krank?«, frage ich Alex, der am Wochenende für sie zuständig war.

Aber er wirft nur einen schnellen Blick ins Aquarium und schüttelt den Kopf.

»Kennst du doch bestimmt auch«, sagt er. »Manchmal will man einfach allein sein.«

Dann geht er weiter zum Gemeinschaftsraum, ich bleibe stehen. Durch dieses Wissen fühle ich mich nur umso verbundener mit Rosa, und plötzlich muss ich an jemanden aus dem betreuten Wohnen denken, Vagn hieß er. Er hatte Säure auf den Boden in seiner Wohnung gekippt und einen solchen Wasserschaden verursacht, dass sämtliche Wohnungen im Haus grundsaniert werden mussten. Das war der Grund, weshalb er im betreuten Wohnen endete, und es war wie bei Rosa, egal was ich sonst zu tun hatte, ich schaute immer bei Vagn vorbei. Aber eines Tages hatte er einen Zettel mit einem dicken Nagel an seine Tür gehämmert. NEIN, stand zuoberst, und darunter, um jeden Zweifel auszuräumen: NO.

Ich hatte schon oft Momente, in denen ich am liebsten dasselbe getan hätte, ein Schild an meine Tür nageln oder ein T-Shirt drucken lassen mit der Aufschrift: Nein danke, ich will einfach meine Ruhe. Genau das hat Rosa jetzt also gemacht.

Zwei ihrer Arme schauen wie exotische Pflanzenranken aus dem Loch, ihre Augen sind geöffnet, aber sie rührt keinen Muskel. Liefert keine Show ab, weder für mich hier hinten noch für die Leute, die sich in Kürze vor ihr Aquarium stellen, ihre Handys heben und vielleicht sogar gegen die Scheibe klopfen werden, um sie zu einem Auftritt zu bewegen. Und mir kommt der Gedanke, dass sowohl Wohnheime als auch Aquarien eine gruselige Eigenschaft teilen: Man läuft dort Gefahr zu vergessen, dass andere nicht unseretwegen existieren. Dass sie ihre ganz eigenen Gründe haben, wie sie durchs Leben gehen.

»Ich verstehe dich sehr gut«, flüstere ich zu Rosa hinunter, ehe ich die Abdeckung wieder an ihren Platz schiebe.

Rosas Realität: eine Existenz in einigen wenigen Litern Wasser ohne Haie, Strömungen, unendliche Weite. Gegen durchsichtige Wände stoßen und eine Welt dahinter erahnen, die ihr weder begreiflich noch zugänglich ist.

Meine Realität: eine Existenz in einer Stadt ohne saubere Luft, Sinn, unendliche Weite. Gegen durchsichtige Wände stoßen und dahinter etwas erahnen, was mir weder begreifbar noch zugänglich ist. Jeden Morgen aufstehen und etwas in der Welt vermissen, das mir in Wahrheit innerlich fehlt.

Am darauffolgenden Vormittag wende ich mich an Johannes und stelle ihm die Frage, die mir seit dem ersten Tag im Aquarium im Kopf herumgeistert.

»Findest du es gar nicht traurig, dass die hier eingesperrt sind?«

Johannes tritt einen Schritt von dem Becken zurück, das er gerade wohnlich herrichtet. Seinem Ausdruck nach hat er diese Frage schon mindestens einmal zu oft gehört.

»Wir geben uns alle Mühe, für jedes Tier bestmögliche Bedingungen zu schaffen«, antwortet er, »das weißt du. Außerdem solltest du das Leben in freier Natur nicht idealisieren. Die meisten Tiere da draußen«, er deutet mit dem Kinn Richtung Øresund, »leben in ständiger Angst, gejagt zu werden.«

Ich zucke mit den Achseln.

»Dafür sind sie halt geschaffen, oder?«

Johannes lächelt und sagt, ich hätte das Herz am rechten Fleck. Allerdings wirkt er betrübt dabei. Und natürlich sehe ich, dass sie sich Mühe geben, bestimmt handelt niemand hier bewusst böswillig. Man merkt deutlich, wie viel Johannes an den Tieren liegt, sein Verhalten und die Art, wie er über sie spricht, drückt Fürsorge aus, eine beinahe kindliche Begeisterung.

Aber wie Maiken meinte, als ich das ihr gegenüber

einmal erwähnt habe: »Das bringt den Fischen herzlich wenig. Die sind immer noch da gefangen, damit wir uns was Hübsches angucken können, bevor wir ins Café gehen.«

Und spielt bei Johannes streng betrachtet nicht noch etwas anderes mit hinein? Natürlich bemüht er sich, die Bewohner des Aquariums unter den gegebenen Bedingungen möglichst gut zu behandeln, an erster Stelle aber stehen immer unsere Bedürfnisse. Für ihn, und wahrscheinlich für die meisten anderen, besteht eine klare Hierarchie, und nicht mal auf rein theoretischer Ebene würde man ihn überzeugen können, dass der Schmerz eines Tieres oder das sehnsüchtige Brüllen einer Kuh, deren Kalb ihr wenige Stunden nach der Geburt weggenommen wurde, damit wir ihre Milch bekommen, auch nur ansatzweise so wichtig ist wie etwas, was wir fühlen.

Einen Teil meiner Abende verbringe ich mit dem Lesen von Artikeln über die Funktionsweise von Kiemen, oder ich schaue Videos, wie ein Seestern gnadenlos eine Muschel auseinanderzieht und seinen Magen wie einen tödlichen Airbag in deren Inneres stülpt, um die Weichteile zu verdauen. Jeden Morgen mache ich mich auf den Weg zum Aquarium.

Johannes wartet nicht mehr auf mich, weder am Eingang wie in den ersten Tagen noch in der Futterküche. Er hat nichts gesagt, es hat sich einfach so eingependelt. Keine Ahnung, ob er hinter meinem Rücken mit Eierstirn redet, aber auf jeden Fall scheint er darauf zu vertrauen, dass ich jeden Tag erscheine, meine Arbeit mache und wieder nach Hause gehe. Und so ist es auch.

»Wie groß können Tintenfische eigentlich werden?«, frage ich ihn eines Tages, als ich gerade nach einer Fütterung die Abdeckung von Rosas Aquarium wieder angebracht habe.

»Kommt stark drauf an. Bei solchen wie Rosa hält es sich in der Regel in Grenzen«, Johannes legt eine Hand ans Glas, und auf der anderen Seite schwimmt Rosa darauf zu, presst eine Reihe runder Saugnäpfe gegen die Scheibe. »Aber in der Tiefe leben ein paar Oschis, denen willst du lieber nicht begegnen. Riesenkalmare kämpfen sogar gegen Pottwale, das weißt du, oder?«

Ich schüttle den Kopf, erinnere mich dann aber an Bilder, die mir wohl doch irgendwo untergekommen sein müssen. Der lange, rechteckige Kopf des Wales mit dem weit aufgesperrten Mund, die Tentakel des Kalmars in einer furchterregenden Umarmung um ihn geschlungen.

»Der größte Fund, von dem ich gehört habe, war vierzehn Meter lang.« Johannes schreitet die Länge bedächtig mit steifen, in der üblichen gelben Hose steckenden Beinen ab. Er bewegt sich ganz schön weit den Gang hinunter, ehe er stehen bleibt, und ich reiße die Augen auf.

»So etwa. Wie der Abstand von dir zu mir«, sagt er.

Es sieht wahnwitzig aus. In Tintenfischlänge gemessen ist die Entfernung zwischen uns gigantisch.

Eines Tages setze ich mich nach der Arbeit auf Maikens Platz auf der mittleren Fensterbank, halte das Gesicht ins Abendlicht. Auf der Straße jagt eine verzerrte Sirene vorbei. Früher hatte ich manchmal das Gefühl, die Jahreszeiten zögen irgendwo dort unten vorüber, während ich auf dem Sofa lag und Maiken hier auf der Fensterbank saß und rauchte. Tag um Tag, bis ein Sommer vergangen war und der Herbst mit seiner besonderen Würze in der Luft kam. Und es machte mir nichts aus, dass die Zeit verstrich, nicht, wenn es auf diese Art geschah. Wir beide zusammen, quasi versteckt vor den Erwachsenen hoch oben in den Baumkronen.

Jetzt müssen die Jahreszeiten einen anderen Gang finden. Mit den Zigaretten ist Schluss, und an offenen Fenstern sitzen ist auch vorbei. Der neuen Maiken sind ein weicher Untergrund und Boden unter den Füßen lieber, sie ist von etwas absorbiert, das sie mit einem derart hellen Licht durchflutet, dass ich die Augen zukneifen muss, wenn ich sie ansehe.

Die neue Maiken ist im Umbau begriffen, so muss es sein. Nicht nur lässt sie ein Leben in sich keimen, sie verändert auch ihr eigenes. In meiner Vorstellung räumt sie bestimmte Erinnerungen und Hoffnungen um, sodass Dinge, die vorher in einem hinteren Winkel ihres Kopfes herumlagen, nach vorn rücken, während andere verstaut oder ganz aussortiert werden. Während ihr Bauch nach außen drückt, verändert sie sich nach innen hin, und ich kann mir nicht vorstellen, dass nicht auch Teile von dem, was uns ausgemacht hat, schon jetzt an weit entlegenen Orten archiviert werden.

Inzwischen ist es über eine Woche her, seit wir, abgesehen von Nachrichten, zuletzt miteinander gesprochen haben. Sie schickt verlässlich ihre Bildupdates zum Fötus, eine Mango, einen quadratischen Gedichtband, etwas wächst in ihr heran. Sie geht zu verschiedenen Untersuchungen und hat mit Yoga angefangen, sie klagt, dass sie immerzu schläfrig sei. Ich sitze hier im Wohnzimmer und vermisse sie, als wäre sie schon nicht mehr da.

An dem Tag, als Kasper seine Koffer ein für alle Mal packte und zum Flughafen aufbrach, hatte ich einen einzigen Gedanken im Kopf: War ja klar. Natürlich geht er. Und jetzt, da Maiken mich für ihre neue Familie verlassen wird, nicht von einem Tag auf den anderen, nicht mal vorsätzlich, sondern langsam, wie ein Gletscher schmilzt, kommt derselbe Gedanke wieder: Natürlich. Musste ja so kommen.

»Ja, stimmt, ich könnt sie natürlich anrufen«, sage ich. »Aber ich hab auch das letzte Mal angerufen.«

Ich sitze bei Rosas Tank. Ihr weicher Körper in meiner Handfläche, halb von Wasser bedeckt. Hin und wieder lege ich eine Fingerkuppe an einen Saugnapf, der sich daraufhin anspannt.

»Außerdem hat sie viel zu tun«, fahre ich fort. »Mit der Arbeit, und dann ist ihr dauernd schlecht und so. Oder vielleicht reicht ihr Daniel jetzt auch.« Obwohl es immer so war, dass ich Maiken mehr brauchte als sie mich, verstärkt die Schwangerschaft das alte Ungleichgewicht noch. Es ist eine Tatsache, die wir selten ansprechen, dass ich nur sie habe, wohingegen Maiken außer mir noch andere Freunde hat. Mehrere von ihnen haben Kinder, und wer weiß, vielleicht findet gerade eine Rochade im System statt, indem entferntere Planeten jetzt näher heranrücken, durch eine neue Form der Zusammengehörigkeit.

»Keine Ahnung, warum es so schwierig geworden ist«, seufze ich, während Rosa träge aus meiner Hand gleitet, ihre Schwimmhaut wie ein Segel spannt und zum Grund sinkt. Unterwegs dreht sie sich und hängt eine Weile so da, ausgestreckt im Wasser mit halb geschlossenen Augen, und fast könnte man meinen, ein Lächeln umspielt ihre Mundwinkel.

Ich richte mich auf, Schluss jetzt, ich muss mich zusammenreißen. Vielleicht bin ich einfach müde nach einer weiteren Woche im Aquarium. Gestern habe ich mich dabei ertappt, wie ich dasaß und wer weiß wie lange schon an eine Wand gestarrt hatte. In letzter Zeit passiert es mir öfter, dass ich in die Löcher falle, die die Dinge, die Maiken und ich früher zusammen gemacht haben, hinterlassen haben. Vor mir liegen entsprechend die Löcher in einer Zukunft, die ich mir, ohne mir dessen bewusst zu sein, offenbar als Projektion des Bisherigen vorgestellt hatte, und ehe ich mich versehe, wird alles durchlöchert sein. Es ist die Unterbrechung der vertrauten Bewegung von Maikens Hand, die mir etwas reicht, und mir, die es nimmt.

»Vielleicht schreibe ich ihr erst mal«, murmle ich und nehme mein Handy. Rosa hängt schwach pulsierend dort unten, sie streckt einen Arm aus und kringelt die Spitze, das werte ich als gutes Zeichen.

Ich vermisse dich, schreibe ich, schicke es aber nicht ab. Ich vermisse dich jetzt schon.

Letztlich verberge ich meine Sehnsucht und frage nur, wie es ihr geht. Doch als Maiken später am Abend antwortet, tut sie es mit einer Gegenfrage:

Kommst du am Donnerstag mit zum Ultraschall?

Was für ein Ultraschall?

Missbildung, und wir können sehen, was es wird. Daniel hat ein Seminar.

Um wie viel Uhr?

Wenn es während der Arbeitszeit ist, habe ich eine Ausrede. Auch wenn ich nicht genau sagen kann warum, sträubt sich alles in mir dagegen, sie zu begleiten.

16.30. Please?

Kacke.

Okay, klar, ich komm mit.

Beim Gedanken daran, mit Maiken ins Krankenhaus zu müssen, um das Baby in ihrem Bauch anzuschauen, ist mir komisch zumute. Missbildungsultraschall bedeutet, sie ist etwa in der Hälfte ihrer Schwangerschaft angekommen, wodurch das Ganze sehr real wird. Nicht nur ein Fötus, kein potenzielles Etwas. Sondern ein Kind.

Um mich abzulenken, rufe ich ein Video über einen Lippfisch auf, der Steine als Werkzeug benutzt. Das erinnert mich an die Vögel in Schottland, die Nüsse auf die Straße warfen in der Hoffnung, sie würden auf dem Asphalt oder unter den Reifen eines Autos geknackt. An die Oktopusse, die mühsam aufgebrochene Kokosnussschalen über den Meeresboden schleppen, um sich später darin zu verstecken. Daran, wie sie Steine blitzschnell in eine halbgeöffnete Muschel stecken, damit diese sich nicht schließen kann.

Warum überrascht es uns so, dass Tiere intelligent sind? Wie konnte ich noch bis vor Kurzem glauben, die Tiere im Aquarium wären vollkommen nichtssagend?

In dem Video schwimmt der Lippfisch weiter, verschwindet aus dem Bild, aber statt dass mich das Video auf angenehmere Gedanken gebracht hätte, male ich mir den Schmerz aus, einen Haken durch die Backe gerammt zu bekommen. Ich stelle mir vor, wie ich an diesem Haken aus meiner vertrauten Umgebung gezerrt werde, wie ich mir zappelnd die Haut aufreiße beim Versuch, etwas zu entkommen, was noch schlimmer wäre als das. Wie ich nach Luft schnappe und man mich kurz darauf wieder zurückwirft, mit einer Wunde in der Wange wie ein Schandmal, durch welches das Wasser herein- und hinaussickern kann, ohne dass ich je begreife, was mir geschehen ist.

Ich muss los, wenn ich pünktlich zu Maikens Ultraschall da sein will. Trotzdem sage ich Ja, als Elza fragt, ob ich die Reinigung bei den Neonfischen übernehmen kann, und lasse mir Zeit dabei, die nötigen Putzutensilien aus dem Schrank zusammenzusuchen, mich vorzubereiten.

Es ist Viertel nach vier, auf meinem Handy sind drei entgangene Anrufe von Maiken, als ich mich endlich auf den Weg mache.

An der Haltestelle angekommen, lasse ich die erste Metro vorbeifahren. Ich habe mein Ticket validiert, meine Beine bewegen sich bloß nicht. Vielleicht bin ich gar nicht so kompliziert, wie ich gern glauben würde. Sondern einfach kein besonders guter Mensch.

Etwas in der Art habe ich auch zu Kasper gesagt, als wir von einer Party nach Hause gingen, auf der er sich mit allen möglichen Leuten unterhalten hatte und nur Gutes über sie zu sagen wusste, wohingegen ich höchstens in der Schlange vor dem Klo ein paar Worte mit irgendwem gewechselt hatte.

»Du bist ein besserer Mensch als ich«, sagte ich, weil ich mich bis obenhin voll mit schlechten Gedanken fühlte. Vor allem über mich selbst, aber ehrlicherweise auch über viele von denen, die wir gerade getroffen hatten.

»Ich bin einfach nicht so hart gegen mich selbst«, erwiderte er und nahm meine Hand.

Über mir wölbt sich der Himmel, es ist ein wolkenloser, heller Tag. Eine weitere Metro fährt vorbei.

»Tut mir leid!«

Maiken schaut mich nicht mal an, sie geht einfach weiter über den Parkplatz in die Richtung, aus der ich gerade gekommen bin.

»Die Bahn hatte Verspätung, tut mir echt leid!« Ich beeile mich, mit ihr Schritt zu halten. »Wie war's?«

Neben uns tost der Verkehr vorbei, endlich bleibt Maiken stehen. Ihr Gesicht ist verzerrt.

»Stimmt irgendwas nicht mit dem Baby?«

Diese Möglichkeit war mir bisher nicht mal in den Sinn gekommen.

Sie schüttelt den Kopf, aber es wirkt mehr wie ein Abwehren der Frage als eine Antwort.

»Maiken?«

»Nein, alles okay natürlich«, faucht sie, »egal jetzt. Hier.«

Sie greift in ihre Jackentasche und zieht einen Packen Polaroidbilder heraus.

»Es wird ein Mädchen.«

Und da ist sie. Das weiße Wesen, das im Dunkel meiner Freundin heranwächst.

»Es gibt sie also wirklich«, murmle ich, mehr zu mir selbst.

Gemeinsam gehen wir zurück nach Nørrebro. Maiken hat keine Lust, den Bus zu nehmen, behauptet aber auch, dass sie wegen ihres Beckens nicht so schnell laufen kann, deshalb machen wir langsam. Ich schiebe meinen Arm unter ihren, so wie sonst immer, sie greift mit ihrer freien Hand nach meiner. Ihre warme Haut an meinem Kunstleder. Ich drücke sie.

Sie, der es so leichtfällt zu lieben, die ihre Zärtlichkeit so großzügig verteilt. Ich, die alles abblockt.

Maiken möchte nicht mit zu mir, sie müsse ein bisschen allein sein, meint sie. Und sie hätte es bestimmt gesagt, wäre auf dem Ultraschall irgendetwas Ungewöhnliches zu sehen gewesen. Aber irgendwie verhält sie sich merkwürdig.

Bevor wir uns an der Metro verabschieden, entschuldige ich mich noch einmal dafür, dass ich zu spät war, und frage, was sie sich wünscht. Sie hat bald Geburtstag, und normalerweise lässt sie sich gern ausgiebig feiern, aber gerade wirkt sie, als hätte sie ihn komplett vergessen. Sie starrt mich mit leerem Blick an.

»Egal, such du was aus.«

Ich bleibe stehen und sehe ihr nach, als sie geht, langsam, wie darauf bedacht, nichts zu verlieren. Dieser Ultraschall hat einen Ort in ihr zum Vorschein gebracht, der bis dahin verborgen war, und beim Anblick ihrer unsicheren Schritte würde ich ihr am liebsten hinterherlaufen. Sie wieder unterfassen und bis nach Hause begleiten. Dann steigt sie in den Aufzug, und die Türen schließen sich hinter ihr.

Am Samstag fahre ich allein zum Sommerhaus. Ich brauche Abstand zu allem, zum Aquarium und der Stadt und vielleicht vor allem zu Maiken, die aussah, als hätte man sie dort im Krankenhaus etwas beraubt.

Wieder liegt der Schlüssel an seinem angestammten Platz. Der Himmel ist milchig weiß, und in dem dünnen Licht wirken die Felder dunkler als beim letzten Mal.

In meiner Vorstellung hat der Ausflug hierher mit Maiken ein Loch in die Schale geschlagen, die Omas Tod um das Haus gebildet hatte, und tatsächlich habe ich mich gefreut, wieder herzukommen. Aber als ich jetzt hier stehe, geht auch etwas Unheilvolles davon aus.

In meiner Kindheit kam mir das Haus kleiner vor als jetzt, obwohl es immer heißt, als Kind erscheine einem alles größer. Meine Eltern, Oskar und ich fuhren mit dem Kofferraum voller Essen und Spielsachen her, schon damals war es Omas Haus, obwohl es Opa gab, riesig und kurzatmig im Sessel sitzend. Die Bäume draußen standen so dicht und hoch, dass man den Eindruck hatte, sie würden sich jeden Moment mit ihrem ganzen Gewicht gegen das Haus lehnen, manchmal träumte ich davon und wachte mit klopfendem Herzen auf.

Der Ort ist jetzt ein anderer, oder vielleicht habe nur

ich mich verändert. Neue Winkel kommen zum Vorschein, und Dinge, die in der Landschaft meiner Kindheit riesig und wichtig schienen, sind nicht länger greifbar. Das bringt mich auf den Gedanken, wie sehr sich das Haus für Oma verändert haben muss, als sie plötzlich allein war. Welche Phantomgeräusche sie anfangs gehört hat, Opas pfeifende Atemzüge, das Schrappen des Stuhls über den Boden, wenn er aufstand. Schränke, die geöffnet und geschlossen wurden. Es muss Handgriffe, Gesten gegeben haben, die allein für ihn bestimmt waren, ein besonderes Gericht, das sie nur zubereitete, weil er es liebte, und das sie seither nie wieder gemacht hat.

Wahrscheinlich trifft das auf uns alle zu. Wahrscheinlich haben wir alle bestimmte Wörter und Bewegungen für diejenigen, die wir lieben. Ich hoffe, Oma hatte welche nur für meine Mutter. Und während ich meine Einkäufe verstaue, frage ich mich, was von meiner Mutter wohl allein mir vorbehalten ist.

An diesem Abend lege ich mich zum ersten Mal in meinem Leben in Omas großes Bett statt ins Gästezimmer. Anscheinend habe ich mich immer noch nicht daran gewöhnt, dass sie weg ist, jedenfalls wache ich am nächsten Morgen auf und bin im ersten Moment panisch. Ich fahre hoch und schaue mich um, ohne zu wissen, wo oder, schlimmer noch, wer ich bin. Bin ich jetzt jemand anders?, schießt es mir durch den Kopf, ehe der Schlaf weicht, oder nimmt man sich selbst wirklich überall mit hin?

Aber dann, mit dem Licht, das durch die zerschlissenen Vorhänge flutet, durchströmt mich die Gewissheit: Ich bin bei Oma. Ich bin ihr Enkelkind, und einzig und allein aus diesem Grund stehe ich jeden Tag auf und tue Dinge, die mich am Leben halten sollen.

Ich bleibe noch eine Weile liegen und lasse den Blick durchs Zimmer wandern. Der schwere, blaue Schrank, zwei identische Nachttische. Oma hat mich von allen am besten verstanden, und sie konnte mit meiner Mutter umgehen, auch wenn sie sich manchmal heftig fetzten. Wenn meine Mutter vehement auf ihrem Standpunkt beharrte oder mein Vater auf den Tisch schlug, dass es klirrte, ging Oma mit wenigen Worten dazwischen, und alle legten die Waffen nieder.

»So eine blödsinnige Regel, dass man partout Zeit miteinander verbringen soll, nur weil man blutsverwandt ist«, sagte sie einmal nach einer solchen Situation, während wir beide tiefrote Himbeeren von den Büschen ganz hinten im Garten pflückten. »Seine Weggefährten sucht man sich selbst aus.«

Das klang nach Zugvögeln und heulenden Wölfen, und ich liebte sie dafür. Der Geschmack der süßsäuerlichen Beeren, die Schlieren vom Saft an unseren Fingern.

Müsste ich heute meine Weggefährten benennen, und jeder stünde zur Auswahl, würde ich Maiken und Oma nehmen. Und Rosa natürlich. Mehr braucht man nicht, wenn man ein gutes Team ist.

Nur steht in der Realität nicht jeder zur Auswahl.

Oma ist tot, Maiken gründet gerade ihr eigene Familie. In dieser Nacht in Omas großem Bett habe ich geträumt, Maiken und ich wären wieder zusammen auf Reisen, an Bord einer Fähre. Ich fragte sie, wohin wir führen, aber sie wollte nicht antworten. Ich blieb hartnäckig, bis sie schließlich zugab: Das hier war ihre Reise. Ich war nur versehentlich mitgekommen.

Der Traum verschwindet mit dem Wasser im Abfluss der Dusche, ich kann mir gerade noch das Shampoo aus den Haaren waschen, dann ist der Boiler leer. Die Aprilsonne scheint, daher nehme ich meinen Kaffee mit nach draußen auf die Terrasse. Maiken hat recht, hier ist wirklich alles voller Tiere. Surrende Insekten, Vögel, die auffliegen und wie Gesang durch die Luft rauschen.

Bei der Hecke stöbert ein Igel, und ohne nachzudenken folge ich ihm ums Haus, ganz vorsichtig, um ihn nicht zu erschrecken. So gelangen wir auf die Rückseite, ich drehe den Kopf, sehe die Wohnzimmerfenster, und in mir reißt etwas auf, die kleine Wunde in den Tiefen meines Gedächtnisses, die ich im Piranhabecken zum ersten Mal gespürt habe. Der Becher fällt mir aus der Hand, ein Blutsturz im Inneren, und da, inmitten der Flut: eine losgerissene Erinnerung.

Opa ist in die Stadt gefahren, Oma und ich sind im Wald Tannenzapfen sammeln. Oskar ist mit unseren Eltern im Sommerhäuschen geblieben, sie sind immer noch dort, als wir zurückkommen. Oma will noch rüber zum Nachbarn, die Zeitung holen, deshalb gehe ich allein zum Haus. Und aus irgendeinem Grund gehe ich nicht durch die Tür, sondern schleiche mich zur Rückseite, lautlos, zu der großen Fensterfront, die zum Garten zeigt. Im Schutz der Hauswand, ungefähr an derselben Stelle, wo ich jetzt stehe, spähe ich hinein. Sie sitzen auf dem Sofa. Mein Vater mit glücklichem Blick, meine Mutter den Arm um Oskar gelegt. Sie sind eine Familie, das sieht man sofort. Niemand kann genau sagen, wem ich ähnlich sehe, aber Oskar entspricht genau dem, was er ist: einer Mischung aus seiner Mutter und seinem Vater. Und als ich dort stehe und zu ihnen hineinschaue, ist es so offenkundig, dass man schwer glauben kann, wie lange ich gebraucht habe, um es zu begreifen: Die drei gehören zusammen.

Oma fand mich im Garten und nahm mich mit nach drinnen, und mir ist schleierhaft, woher sie wusste, was ich in diesem Moment brauchte, denn sie fragte nicht nach. Aber sie setzte sich mit mir auf dem Schoß in Opas Sessel, obwohl ich inzwischen eigentlich zu groß dafür war, und strich mir lange über die Haare. Und die Zeit ging weiter, und einiges war wie immer, und anderes war verloren.

Seit diesem Tag wollte ich nicht mehr zum Sommerhaus. Ich hatte solche Angst vor dieser Fensterfront, solche Angst, sie würde in meine Brust dringen und sich dort festsetzen.

Ich reiße mich los, fasse mir an die Schläfe, dahinter pocht es. Der Igel ist längst vom Grundstück verschwunden, der Becher liegt vor mir im Gras. *Dadum, dadum.* Als Kind glaubte ich, zwischen mir und den anderen befänden sich Wände. Ständig rückte ich ihnen zu nah, sodass die Leute einen Schritt zurücktreten mussten, klammerte mich an die Beine meines Vaters, kletterte auf den Schoß meiner Mutter und schlang viel zu fest die Arme um ihren Hals. *Dadum, dadum.* Erst Jahre später begriff ich vollends, dass das Gefühl von Distanz nichts mit den Gesetzen der Physik zu tun hat, weil die Wände in mir selbst sind.

Draußen dämmert es, ein Band aus Müdigkeit spannt sich um meine Stirn, trotzdem mache ich weiter. Es fehlt nicht mehr viel.

Obwohl niemand so richtig weiß, was Bewusstsein ist, dachten wir Menschen lange Zeit, wir wären die einzigen Geschöpfe auf der Erde, die eines besitzen; sich als handelndes, denkendes Subjekt erleben, über die Fähigkeit verfügen, sich selbst und alles um sich herum umfassend wahrzunehmen und darüber zu reflektieren. Eine Art höhere Ebene des Seins.

Dann kam der Gedanke auf, dass bestimmte Tiere dieses Erleben womöglich doch teilen. Bei Schimpansen schien es naheliegend, und was war mit Hunden und Delfinen? Mit Schweinen und Raben? Wie erkennt man, ob ein Wesen, mit dem man nicht kommunizieren kann, ein Bewusstsein hat?

Ein Anfang wäre das Vorhandensein von Gefühlen und einer gewissen Intelligenz. Inzwischen weiß man, dass Kraken höchstwahrscheinlich Schmerzen und Unbehagen empfinden. Dass sie den Weg durch Labyrinthe finden und geschlossene Behälter mit Nahrung öffnen können, dass sie im Lösen derselben Sorte Aufgaben mit der Zeit zunehmend schneller werden. In Gefangenschaft lebende Oktopusse bevorzugen bestimmte Tierpfleger gegenüber anderen und behandeln sie entsprechend anders. Aber ist da noch mehr? Verspürt ein Oktopus so etwas wie Erfüllung oder Zufriedenheit, wenn er seine Eier pflegt, hat er Angst zu sterben, wenn er von einem Hai durchs Meer gejagt wird? Wenn ich dich anschaue, habe ich keinerlei Zweifel.

Niemand weiß so richtig, was Bewusstsein ist, aber wir erleben, dass es vorhanden ist. Ein uns eigener Blick, unsere Art zu sein, eine Sichtweise. Wie soll man sich das mögliche Bewusstsein eines Wesens vorstellen, das eine vollkommen andere Gehirnstruktur, eine vollkommen andere Gestalt hat?

Aber ich spüre dich ja, und ich spüre, dass du mich spürst. Ich weiß, dass wir an gemeinsamen Ereignissen beteiligt waren: du, wie du im Becken emporsteigst, deine Arme um meine schlingst. Ich, wie ich mich dir öffne.

Zum einen sind da die Dinge, so wie sie sind: Wasser, eine Krabbe, mein Gesicht. Und dann ist da die Art, wie sie uns erscheinen. Das Wasser für mich: ein fremdes Element, Salz, das in den Augen brennt, Nässe. Eine Umgebung, in der ich mich schwer bewegen kann, keine Luft bekomme.

Das Wasser für dich? Dein Zuhause.

Aber wie soll ich das Wasser, eine Krabbe, mein Gesicht mit deinem Blick betrachten, wenn ich doch immer mit meinem sehe?

Wir zwei haben denselben Ursprung, Rosa, aber das ist nun schon so lange her. Dein Bewusstsein ist durch den Körper geformt, mit dem du geboren bist, genau wie meines durch meinen geformt ist. Durch die Art, wie sich meine Zunge um Sprache legt. Durch meine Hände. Der Umstand, dass du Signale im Wasser mittels deiner Haut auffängst, dass du in nachtschwarzem Wasser sehen kannst – so etwas prägt einen.

Ein Mensch zu sein fühlt sich auf eine bestimmte Art und Weise an. Ein Mensch, der sich schämt, ein Mensch, der auf dem Heimweg im Nieselregen über die Straße geht. Mittels unserer Sinne zu erleben, dass wir existieren, fühlt sich auf eine bestimmte Art und Weise an. Wie fühlt es sich an, ein Oktopus zu sein? Auch Kraken lernen, erinnern sich, nehmen Kontakt auf. Auch Kraken spielen. Soll das Gefühl, zu existieren, ein mit den Sinnen wahrnehmendes Subjekt zu sein, wirklich uns allein vorbehalten sein?

In gewisser Weise, denke ich mir, bist du dem Körper enthoben. Dank deiner Geschmeidigkeit kannst du etliche Formen annehmen, eine Krake trägt ein Potenzial in sich, ein Meer von Möglichkeiten. Dein Körper legt dir weit weniger Beschränkungen auf, als meiner es tut, mit seinen unbiegsamen Knochen, Gelenken, die sich nur in eine bestimmte Richtung bewegen können. Dein Körper ist keine separate Größe, die von einem abgetrennten Gehirn gesteuert wird, dein Gehirn fließt in ein Nervensystem, das deinen gesamten Körper durchströmt. Es ist schwer zu sagen, wo genau dein Gehirn anfängt und wo es endet, in gewisser Weise entziehst du dich der üblichen Einteilung von Körper und Geist, gleichst eher einer intelligenten, dickflüssigen Materie als meinem steifen Wirbelkörper. Und trotzdem; du hinter dem Glas, das immer meines war. Dein Blick in meinem Blick.

Ich stütze den Kopf in die Hände, ich bin so müde, ich kann bald nicht mehr. Draußen wird die Nacht zum Tag, und ich bin immer noch nicht so weit, kann den Gedanken daran, was passieren wird, nicht ertragen. Deshalb klammere ich mich an willkürliche Wörter, ich schreibe: der Kreis der Arme, Saugnäpfe, ich schreibe: Der Körper ist beinahe kugelförmig. Dein fantastischer, kugelförmiger Körper, hingestreckt auf dem Höhlendach. Im Sterben begriffen.

6

Nach dem Aufenthalt im Sommerhaus fühle ich mich gerädert. Am Montagmorgen, bevor die Besucher kommen, sitze ich ein bisschen bei Rosa und erzähle. Ich kann nicht erklären, warum, aber ich habe den Eindruck, es hilft, und hier, Rosas Unterseite wie eine weißliche, exotische Blume zu mir gewandt, spreche ich zum ersten Mal laut aus, dass ich den Ultraschalltermin absichtlich verpasst habe. Damit ich Maikens Baby nicht sehen und zugeben muss, dass es existiert. Und damit Maiken mein Gesicht dabei nicht sieht.

»Bescheuert, ich weiß«, sage ich, »vor allem weil mir an so wenigen Menschen etwas liegt. Die meisten gehen mir auf den Keks oder kommen mir vor wie Zeitverschwendung, kennst du das?«

Ich lege ein Stückchen Schellfisch auf Rosas äußere Saugnäpfe und schaue zu, wie sie es Napf um Napf bis zu ihrem Mund befördert. Natürlich kennt sie das. Würden wir einen zweiten Oktopus zu ihr setzen, würden sie sich gegenseitig umbringen, sie weiß genau, wovon ich spreche.

Der neugierigste ihrer Arme wandert zu meinem Ellbogen und findet den Schnitt, den ich mir neulich beim Reinigen das Anemonenaquariums zugezogen habe. Die kleinsten, zierlichsten Näpfe gleiten über die Wunde, verharren.

»Aber dieses Baby …« Ich seufze. »Du weißt, was das bedeutet, oder?«

Rosa dreht sich herum, schaut mich unergründlich an. Dann sinkt sie zurück, ins Becken hinab.

»Genau.« Ich folge ihr mit dem Blick, wie sie, jetzt in wogender, dorniger Gestalt, auf einen der am Boden liegenden Tontöpfe zuschwimmt. »Sie wird mir versprechen, dass es bei ihr nicht so sein wird wie bei allen anderen, aber ich gebe dem Ganzen ein Jahr, dann ziehen sie aus der Stadt in ein Reihenhaus mit Vorgarten und Trampolin.«

Ein paar Stunden später sind Rosa und ich gerade beim Mittagessen, als Johannes vorbeikommt. Falls er mich reden gehört hat, lässt er es sich nicht anmerken, stattdessen reicht er mir wortlos einen der Delphin-Lutscher aus dem Museumsshop.

»Wofür ist der?«, frage ich.

»Nur eine Kleinigkeit, um zu feiern, dass du die Hälfte rum hast.«

»Die Hälfte? Von was?«

Er zupft sich ein bisschen an den Haaren herum, dann beugt er sich vor und sagt zu Rosa, die gerade den letzten Rest ihrer Muschel vertilgt:

»Hätte sehr viel schlimmer kommen können, oder was meinst du? Wenn man bedenkt, worauf dieser Sachbearbeiter uns vorbereitet hatte, finde ich eigentlich …«

Er verstummt und richtet sich wieder auf.

»Eierkopf, so nennst du ihn, oder?«

»Eierstirn«, korrigiere ich automatisch. »Was meinst du damit, dass …«

Aber Johannes hat bereits auf dem Absatz kehrtgemacht, und ich sitze mit meiner Gabel in der einen und dem albernen Lolli in der anderen Hand da und weiß plötzlich nicht, ob es gut oder schlecht ist, dass mir weniger als drei Monate im Aquarium bleiben.

Eigentlich brauche ich nichts aus der Tiefkühlabteilung, trotzdem bin ich im Supermarkt vor den Gefriertruhen stehen geblieben. Irgendwie surreal. Täglich öffne ich Kisten mit gefrorenen Meerestieren, täglich befehle ich meinen Händen, sie herauszunehmen und aufzuschneiden. Und sie gehorchen, weil es ihr Job ist und wir übereingekommen sind, dass andere Tiere sterben müssen, wenn ich sie nicht damit füttere. Und jetzt stehe ich hier und starre auf dieselbe Sorte gefrorener Tiere in den Tiefkühltruhen. Links und rechts von mir schieben Leute die Deckel auf, holen vakuumverpackte Makrelen und Hühnchen voller Wasser heraus und legen sie in ihre Einkaufskörbe. Ob sie auch nur einen Gedanken daran verschwenden, dass der Klumpen in ihren Händen mal gelebt hat?

»Entschuldigung.«

Eine Frau lächelt mir hastig zu, sie muss an die Truhe. Sie ist mit Sicherheit kein schlechterer oder besserer Mensch als ich, sie braucht nur etwas fürs Abendessen, und nachdem sie die gestapelten Blöcke durchgesehen hat, entscheidet sie sich für vier aus einem Schwein gehauene Stücke Fleisch und zwei, die mal ein Lachs waren. Die orangen Rechtecke in ihrem Korb, achtlos verstaut.

Kurz wird mir schwindelig. Keine Ahnung, seit

wann, aber meine Ohren sind zu, und als die Frau die Truhe zuzieht und weitergeht, sehe ich, wie sich ihr runder Fischmund öffnet und schließt, ohne dass ich ein Wort höre.

»Manchmal wünsche ich mir, ich müsste nicht essen«, sage ich ein paar Stunden später zu Maiken. Ich habe Bohnensalat, Reis und Ofensüßkartoffeln gemacht, niemand ist gestorben, damit wir satt werden, nicht direkt jedenfalls. Trotzdem steht ein Teil von mir immer noch vor dieser Kühltruhe und hört das Wasser in den Gehörgängen rauschen.

»Ich verstehe, was du meinst«, sagt Maiken. »Aber wir müssen ja leben.«

Müssen wir wirklich?

Ich denke an den Riesenpacu, mit dem ich neulich im Aquarium gespielt habe, den, der auf Mangokerne abfährt. Ich denke an Rosa, die im Traum die Farbe wechselt, und an die Faultiere im »Regenwald« mit der Glasdecke wenige Meter über ihnen. An all das Nicht-Leben, das unser Leben verursacht.

»Thunfische werden mehr als zwanzig Jahre alt«, sage ich. »Wenn nötig können sie bis zu achtzig Stundenkilometer schnell schwimmen.«

Maikens Augen werden schmal.

»Worum geht's jetzt?«

»Ich hab nur dran gedacht, wie du damals auf mich eingeredet hast, als ich Thunfisch gegessen habe, weißt du noch? Weil so viele Delfine in den Netzen sterben?«

»Und?« Sie versteht offensichtlich nicht, worauf ich hinauswill, und ich bin mir auch nicht ganz sicher.

»Ich glaube, mir ist einfach nicht klar, warum diese Delfine so viel wichtiger waren als die Thunfische«, sage ich. »Oder die Vögel oder die Tintenfische, die verheddern sich doch genauso?«

Maiken zuckt leicht genervt mit den Achseln.

»Ich war achtzehn, Vigga, was willst du von mir hören? Wenigstens habe ich darüber nachgedacht.«

Nach dem Essen frage ich, ob sie bei mir übernachten will, das letzte Mal ist schon so lange her.

»Danke, aber ich gehe, glaube ich, lieber nach Hause. Ich hab mir so ein Kissen für den Rücken gekauft, ohne kann ich so schlecht schlafen.«

Und sie sieht wirklich müde aus. Ist sie nicht auch blasser als sonst? Ist die Haut nicht straffer, dünner gespannt? Ich beuge mich vor und will fragen, ob alles okay ist bei ihr, ob sie mir etwas verschweigt. Ich hole Luft, aber in dem Moment steht sie auf.

»Ich sollte jetzt besser mal los«, meint sie. »Ich hab Frühschicht morgen.«

Und auf diese Weise geht eine weitere kleine Lawine nieder. Seit Daniel bei ihr eingezogen ist, schlafe ich sowieso schon nicht mehr bei ihr, und jetzt das noch? Nichts war schöner, als eine Flasche Wein zu teilen, Maiken auf der Fensterbank, ich auf dem Sofa, nebeneinander im Bett zu liegen und bei gelöschtem Licht weiterzureden. Nichts war behaglicher, als die vertrauten Geräusche der anderen zu hören, umgeben von ihnen in den Schlaf zu sinken und morgens wieder aufzuwachen. Nichts war bedeutsamer, als zu wissen, dass wir zusammengehörten.

»Bis dann!«

Maiken wirft mir auf dem Weg die Treppe hinunter einen Luftkuss zu, ich stehe auf der Schwelle und sehe sie gehen. Kann es sein, dass sie ihre Jacke etwas sehr eilig angezogen hat, klang ihr Tschüss ein bisschen erleichtert? Oder spinne ich jetzt total?

Der Schwindel aus dem Supermarkt schwappt auf die folgenden Tage über. Das Aquarium ist über die Ufer getreten, etwas sickert aus der einen Welt in die andere hinüber, und ich habe nicht die leiseste Ahnung, ob das gut oder schlecht ist.

Am Freitagmorgen ist die Luft dünn, nicht zu greifen. Es hat die ganze Nacht geregnet, und als ich aus dem Haus trete, ist die Straße verwischt, quasi grenzenlos. Ich haste zur Metro, darin die ganzen abwesenden, displayerhellten Gesichter, und den Weg von der Haltestelle zum Aquarium renne ich fast.

Obwohl Oktopusse Nachttiere sind und Rosa ein etwas langweiliges Ausstellungsobjekt ist, das den Großteil des Tages versteckt in seiner Höhle verbringt, ist sie häufig morgens aktiv. Auch heute ist sie wach, als ich komme, und zieht sich auf diese spezielle Art, die ich schrecklich finde, an der Scheibe entlang. Ich weiß beim besten Willen nicht, wie man das anders deuten soll, als dass sie einen Weg hinaus sucht. Von der unteren Ecke zur gegenüberliegenden, ein paar Zentimeter höher wieder zurück, und so immer weiter, bis sie oben bei der Abdeckung angelangt ist. Jeder Millimeter wird von ihren suchenden Näpfen abgetastet, aber das Ergebnis ist immer dasselbe: keine Ritzen. Keine Öffnung, die sie übersehen haben könnte. Ihr weicher Körper mit der leicht runzeligen Haut, wie eine eingetrocknete Flüssigkeit, die sich danach sehnt, zu verlaufen.

»Du willst auch weg von allem, stimmt's?«, sage ich. »Einfach nur deine Ruhe haben.« Es ist das erste Mal heute, dass ich meine Stimme benutze, und mir wird bewusst, dass ohne Rosa und Johannes Tage vergehen würden, an denen ich mit niemandem spreche. Ich weiß, das ist meine eigene Entscheidung, trotzdem ist der Gedanke beunruhigend. Ich klopfe mit der flachen Hand gegen die Seite von Rosas Aquarium.

»Solche wie wir sind zum Alleinsein geboren.«

Rosa gleitet an der Wand entlang, verharrt und lässt die Saugnäpfe umherwirbeln. Bis auf die Schlitze der Pupillen sind ihre Augen vom selben Goldorange wie der Rest von ihr, die Haut changiert im Licht. Wie schön sie ist.

Ich fische ein Krabbenskelett vom Boden vor ihrer Höhle und vergewissere mich, dass alles ist, wie es sein soll. Lehne mich einen Moment gegen die Wand, um das Gleichgewicht wiederzufinden, bevor ich meine Runde gehe.

Als ich mich am Nachmittag im Umkleideraum zum Heimfahren fertig mache, steigt ein inzwischen bekanntes Gefühl in mir auf, nämlich dass ich Rosa und die anderen im Stich lasse. Als ginge es den Tieren besser, wenn ich bei ihnen bin, so ein Quatsch. Wer sagt, dass nicht das Gegenteil der Fall ist? Vielleicht verleben sie ihre beste Zeit in den schwarzen Stunden, wenn niemand hinsieht. Ich sehe sie vor mir: wachsam, abwartend bei Tag, und dann die Transformation, sobald der letzte Mitarbeiter zur Tür hinaus ist. Wie sich der Jubel lauffeuerartig im Aquarium ausbreitet, sie mitten im Schwimmzug abbremsen, einen Blick wechseln und unter triumphierendem Geblubber aufatmen. Jetzt können sie endlich die Masken fallen lassen.

Am Samstag streife ich auf der Suche nach einem Geburtstagsgeschenk für Maiken planlos durch die Geschäfte. Soll ich ihr etwas besorgen, das zu ihrem neuen Platz im Leben passt, oder lieber einen Anker, der sie am alten hält?

Ich komme zu keinem Ergebnis und ende mit leeren Händen zu Hause vor dem Laptop. Eine Reise, der Traum, über Weihnachten wegzufahren, scheint unrealistisch. Kurz erwäge ich einen gemeinsamen Tauchausflug, verwerfe den Gedanken aber, als mir wieder einfällt, dass Maiken schwanger ist und das Tierreich jetzt meine Angelegenheit. Aber was dann? Wie finde ich ein Geschenk, das sagt, was ich nicht sagen kann?

Ich google Freundschaft und lande bei einem YouTube-Video darüber, mit wem wir im Laufe unseres Lebens Zeit verbringen. Anfangs natürlich mit der Familie, dann übernehmen die Freunde, erste selbstgeknüpfte Bande. Danach kommen Kollegen, Partnerschaft, Kinder, die Ursprungsfamilie sieht man nur noch an besonderen Tagen oder wenn sie einem mit den Kleinen helfen, die Freunde müssen irgendwo dazwischengeschoben werden. Zwei Stunden im Garten, eine Verabredung im Café, und dann Wochen, Monate bis zum nächsten Mal. Sich treffen und von dem Leben erzählen, das anderswo abläuft. Und dann, ein Kurvendiagramm: lauter farbige, steil abfallende Linien, je älter wir werden, und nur eine, die bis zum Tod stetig ansteigt: die Zeit, die wir mit uns selbst verbringen.

Am Sonntag wische ich den Boden im Wohnzimmer und finde kein einziges von Maikens langen, dunklen Haaren. Das klingt vielleicht unbedeutend, aber es macht mich traurig, weil ich mich nicht erinnern kann, jemals sauber gemacht zu haben, ohne dabei auf ihre typischen Haarknäuel und Flusen zu stoßen.

So ähnlich war es in den Wochen, nachdem Kasper abgereist war, damals fand ich immer wieder kleine Steinchen in der Wohnung. Sie blieben in den Rillen seiner Schuhsohlen stecken und fielen dann hier ab. Während wir zusammen waren, hatte ich mich darüber geärgert, aber jetzt sammelte ich sorgsam eines nach dem anderen auf und legte sie in ein altes Schmuckkästchen, das ich immer noch ganz hinten im Kleiderschrank aufbewahre. Als keine mehr da waren, setzte ich mich auf den Boden und weinte.

Irgendetwas an dem Bild von mir, wie ich die Hinterlassenschaften der wichtigsten Menschen in meinem Leben aufsammle, trifft mich. Wie man so leicht glauben kann, man sei der, der am meisten liebt, weil man sich am meisten anstrengt. Wie ich so häufig ein fehlendes Verhalten mit fehlender Liebe verwechselt habe, in Wahrheit vielleicht vor allem bei mir selbst.

Dass Kasper Steinchen verlor, dass Maiken großzügig ihr langes Haar auf meinem Boden verteilte. Und ich mich immer gebückt habe, um alles aufzusammeln, ohne dass sie es je wissen werden.

Ich habe doch noch das richtige Geschenk gefunden. Etwas, das zeigt, dass ich weiß, wer sie ist, etwas, das uns bis zur Geburt jeden Mittwochabend zusammenführen wird. Ich habe mir wirklich Mühe gegeben, und jetzt sitze ich hibbelig bei Maiken und Daniel im Wohnzimmer und versuche Maikens Gesichtsausdruck zu entschlüsseln, während sie die Karte liest. Ihre Miene ist schwer zu deuten, oder aber ich will einfach nicht verstehen, was ich sehe. Ein Lächeln, das verrutscht, aber rasch wieder straffgezogen wird.

»Ähm, danke schön, wow, danke, aber …« Wieder dieses halbe Lächeln, etwas Gezwungenes um die Augen. Sie schaut hoch, nestelt an der roten Baskenmütze, die ich passend zum Thema dazugepackt habe. »Der fängt ja schon bald an?«

»Ja?«

Der Kurs läuft zwar ein paar Wochen über ihren Geburtstermin hinaus, aber dann verpasst sie halt die letzten Stunden, außerdem verschiebt sich die Entbindung bei Erstgeburten, soweit ich weiß, meist sowieso ein bisschen.

Sie liebt Französisch, seit ich sie kenne, träumt sie davon, es zu lernen. Wieso freut sie sich nicht?

»Vielleicht …«, setzt Daniel an, aber Maiken wirft ihm einen schnellen Blick zu und schüttelt den Kopf.

»Das ist voll lieb von dir«, sagt sie und schiebt die Karte über den Tisch, zurück zu mir. »Aber ich glaube, im Moment ist schlecht, das wird zu hektisch. Vielleicht kannst du mit jemand anders hingehen?«

Ich, die ein Mal Maiken etwas reicht. Sie, die es wegschiebt. *Mit jemand anders hingehen.* Sie hätte mir genauso gut ins Gesicht lachen können.

Nachdem Maiken mein Geschenk zurückgewiesen hat, will ich am liebsten nach Hause, aber der Tisch ist gedeckt, und ich kann sehen, dass sie sich bemüht. Sie umarmt mich von hinten, als sie an meinem Stuhl vorbeigeht, aber das macht das Gefühl, Außenstehende zu sein, bloß schlimmer. Maiken, eine meiner letzten beiden Weggefährtinnen, schwanger mit einem Geheimnis. Maiken, die sich in Maiken & Daniel verwandelt hat, ein Wesen von derselben führungslosen Synchronität wie die Fischschwärme im Aquarium. Er, die Arme um sie gelegt, ich, deren Handflächen suchend über das Glas wandern, außerstande, einen Weg hinaus zu finden. Denn es ist nicht das Baby, das sich aufdrängt, so viel habe ich schon verstanden. Sondern ich.

Es schüttet, als ich mich auf den Heimweg mache, deshalb leiht Maiken mir ihren gelben Regenmantel, und mit jedem Tritt in die Pedale weht mir ein Stoß ihres Dufts in die Nase. Ich kenne ihn besser als meinen eigenen, ich könnte einen Pulli von ihr mit verbundenen Augen unter Hunderten ausmachen. Aber selbst dieser Teil von ihr wird bald verändert sein, süßlich-sauer von Muttermilch und Babyspucke und ohne die verbrannte Dark-Blue-Note. Schon jetzt radle ich in einer Luftblase aus der Vergangenheit nach Hause. Und wenn ich könnte, würde ich in diese Regenjacke einziehen und für den Rest meines Lebens dortbleiben, in diesem Duft, in der verlorenen Zeit.

»Was macht ihr?«

Ich bin auf dem Weg zum Strömungsaquarium, bleibe aber angesichts des Bohrlärms stehen. Johannes winkt mich näher. So wie seine Hose strahlt, könnte man denken, er hat sie mit extra Farbverstärker gewaschen.

»Wenn der Berg nicht zum Propheten kommt«, verkündet er dramatisch und zeigt mit einem Kopfnicken auf den Handwerker, der gerade beim größten Tank des Aquariums Löcher in die Decke bohrt. Man würde erwarten, dass auf eine solche Eröffnung noch etwas folgt, aber es kommt nichts mehr.

»Ich hab keine Ahnung, wovon du redest«, knurre ich.

»Welche Tiere sind so groß, dass nicht mal wir Platz für sie haben?« Er macht eine Kunstpause. »Wale natürlich! Ich hab jahrelang drüber nachgedacht, frag mich nicht, warum es so lange gedauert hat, aber jetzt setzen wir es um. Wir bringen die Wale ins Oceaneum!«

Meiner Meinung nach ist der Spruch mit dem Berg komplett unpassend, damit das Bild hinhaut, müssten wir eigentlich das ganze Riesenaquarium unter die Meeresoberfläche versetzen, aber ich spare mir den Kommentar.

»Was soll das bringen?«, frotzle ich. »Glaubst du echt,

die Kinder kriegen mit, dass da irgendwelche Brummtöne von der Decke kommen? Hast du mal gehört, wie laut die alle sind?«

Johannes schielt zur Leiter, sein Blick flackert. Doch dann gewinnt er die Fassung zurück.

»Wart's nur ab«, sagt er und nickt wie zu sich selbst. »Das wird ein akustisches Abenteuer sondergleichen.«

Dann hebt er den Lautsprecher vom Boden und reicht ihn nach oben.

Ich finde die Idee schwachsinnig. Wir sind nicht unter Wasser, wir haben keine Wale und werden hoffentlich auch nie welche haben, wozu sollen sie dann hier singen? Außerdem haben die weißen Lautsprecher, als sie dann endlich angebracht sind, einen ganz fürchterlichen Neunziger-Look.

In den ersten Tagen beobachte ich eifrig, ob die Leute darunter stehen bleiben oder nicht, damit ich es Johannes jedes Mal, wenn jemand vorbeigeht, unter die Nase reiben kann. Er schaut mich ausdruckslos an, wann immer ich Bericht erstatte. Das jedenfalls muss man ihm lassen: Er ist ein geduldiger Mensch.

Aber dann passiert etwas. Beim Donnerstagsputz stehe ich selbst dort, direkt unter den Lautsprechern, da beginnen die Buckelwale zu singen, und es klingt so wild, so majestätisch, dass mir Tränen in die Augen steigen. Die Aufnahmen stammen aus dem Øresund und von noch weiter entfernt, aus dem Pazifik und der atlantischen Tiefsee, und Johannes hatte recht; der gewaltige, wehmütige Klang füllt den dunkelblauen Raum so selbstverständlich, dass man ihn sich unmöglich mehr ohne vorstellen kann.

Nachdem ich entdeckt habe, was der Gesang mit mir macht, streite ich mich mit Alex, Nanna und den anderen um den Putzdienst in diesem Raum, und wenn keine Besucher da sind, stelle ich mich mit geschlossenen Augen unter die Lautsprecher. Es trillert und ruft von dort oben, und die Töne umschließen mich so vollständig, dass es fast ist, als wäre man selbst dort.

Bei den Walen muss ich an Maiken und das kleine Wesen denken, das in ihrer Gebärmutter schwimmt, und ich schicke ihr eine Aufnahme des Gesangs.

Freunde von der Melone, schreibe ich, weil ihr letztes Baby-Update das Bild einer Honigmelone war.

Ich bekomme ein Herz und einen Emoji mit einem prustenden Wal zurück.

Freunde von mir, *meinst du wohl.* Und dann, ein paar Sekunden später: *Ich glaube, ich kann die Kleine in mir spüren. Es blubbert immer, wenn sie sich dreht.*

Seit Maikens Geburtstag ist die Stimmung zwischen uns angespannt, jedenfalls kommt es mir so vor. Bis auf die Walnachrichten hatten wir keinen Kontakt, und so bleibt es auch. Johannes bringt mir bei, Fische aus den Tanks auf der Rückseite in ihr neues Zuhause auf der Vorderseite umzusiedeln, Rosa und ich trainieren mit einem Target, das sie berühren soll, um etwas zu essen zu bekommen. Die Zeit vergeht.

Am manchen Tagen ist das Aquarium ein Spiegel. Der Hummer in seiner Kiste, den Kopf weggedreht und die Scheren so schwer, dass sie sich nicht anheben lassen, Rosa in einsamer Haltung in ihrem Glaskäfig, irgendwo dagegengedrückt, wartend. Inzwischen weiß ich einiges über sie. Dass sie ein Raubtier ist. Dass sie neugierig ist und schlau und spielen möchte und sich bei jeder Gelegenheit an mir festklammern, dass ihre drei Herzen in einem eigenen Takt schlagen. Trotzdem werde ich sie so in Erinnerung behalten: allein, still, auf der anderen Seite des Glases. Weil sie mir so am meisten gleicht.

Dann, eines Abends, kommt eine Nachricht.

Tut mir leid wegen dem Geschenk, Süße, gerade ist einfach eine besondere Zeit. Soll ich dich bald mal im Fischgefängnis besuchen?

Eine ausgestreckte Hand, ein Versuch, mich näher

zu ziehen. Wir machen aus, dass sie am nächsten Donnerstag vorbeikommt.

Ich warte vor dem Eingang auf dich, schreibe ich und schicke ihr ein Bild meiner blauen Arbeitskluft mit dem Logo auf der Brust. *Du erkennst mich am T-Shirt.*

Alles klar. Es folgt eine Nahaufnahme von Maikens Bauch, prall und rund wie ein fest aufgeblasener Wasserball. *Du erkennst mich an dem Menschen, der vorn aus mir rauswächst.*

Ich hatte Donnerstag für Maikens Besuch vorgeschlagen, weil es da meist relativ ruhig ist. Mein Plan ist, ihr erst die schönsten Aquarien zu zeigen, das lange Korallenriff und weiter durch den Walgesang, bis wir zum Schluss bei Rosa ankommen.

Ein paar Minuten früher als verabredet gehe ich nach draußen.

Der Wind fegt in Böen vom Meer her, salzig und faulig, ich drehe mich in die andere Richtung, und da kommt Maiken mit ihrem neuen behutsamen Gang über das Gras auf mich zu. Erst wenige Meter vor dem Aquarium schaut sie hoch, und wie immer macht mein Herz einen Hüpfer, als ich die Verwandlung in ihrem Gesicht sehe und weiß, ich bin es, die sie so zum Strahlen bringt.

»Bin ich hier richtig an dem Ort, wo ihr die ganzen armen Tiere zusammenpfercht?«, fragt sie außer Puste, als sie die Treppe erklommen hat, und zieht mich in eine feste Umarmung.

»So«, meint sie dann, »der musste sein, jetzt sage ich nichts mehr.«

Und tatsächlich kommen keine weiteren Seitenhiebe, nicht einmal, als wir durch die Ausstellung über Plastik gehen mit den Bildern von weißlichem Material auf blauem Hintergrund: Quallen, Plastiktüten, sterbende Korallen. Und als wir vor dem Meeresaquarium stehen, unserem mit Abstand größten, wo der Karpfen wie üblich mit starrem, in die Unendlichkeit gerichtetem Blick hinter dem dicken Spionglas hängt, kann ich mir die Frage nicht verbeißen: »Ich hätte gedacht, du schimpfst mehr?«

Aber Maiken lächelt nur mit einer neuen, sanften Nachsichtigkeit, als wäre nichts auf der Welt es mehr wert, sich darüber aufzuregen.

»Wir sind ja keine zwanzig mehr.«

»Nein, nein«, murmle ich. Manchmal wünschte ich, wir wären es.

Als es Zeit wird, sie nach hinten auf die Rückseite zu führen, ins verborgene Innere des Aquariums, öffne ich eine der blaugestrichenen Türen in der Wand mit meiner Chipkarte und lasse Maiken vorgehen.

»Ganz schön anders hier hinten, was?«

Sie steigt vorsichtig über mehrere Wasserschläuche und schlingt schaudernd die Arme um den Oberkörper, als wir an den Tanks mit aufgehängten Haieiern und bedrohten Tierarten vorbeigehen.

»Willkommen hinter den Kulissen«, sage ich. »Guck, da ist sie.«

Ich klicke das Schloss auf und hebe die schwere Abdeckung von Rosas Tank. Maiken bleibt in einigem Abstand stehen.

Rosas Arme wedeln wild im Wasser, die Enden bilden hastige Krakel. Flink klettert sie an der Wand hinauf, hält dann jedoch abrupt inne. Hat sie bemerkt, dass ich eine Fremde mit in unsere Welt gebracht habe?

Durch das Glas zeichnen sich Besucher ab, die auf der Vorderseite stehen und ins Aquarium glotzen, einer von ihnen zeigt auf Rosa. Aber mir ist egal, dass ich sie um ihre Show bringe. Jetzt werden meine zwei einzigen noch lebenden Weggefährtinnen einander endlich kennenlernen.

»Kommst du?« Ich strecke die Hand nach Maiken aus, und zögernd taucht sie auf meine Aufforderung hin die Finger ins Wasser. Rosa verharrt an die Scheibe gedrückt, einen Arm nach unten gestreckt, damit sie sich bei Bedarf schnell damit abstoßen kann, zwei andere wandern nach oben. Ich denke mir oft, dass ihre Arme ein Eigenleben führen, manche sind draufgängerisch, andere mehr auf der Hut. Ich beuge mich zu Maiken, um ihr zu sagen, dass ich froh bin, sie hier zu haben. Guck mal, will ich sagen, ist sie nicht toll?

Aber da zieht Maiken jäh die Hand weg, während Rosa praktisch in derselben Sekunde am Glas hinabflitzt und in ihre Höhle verschwindet, als wäre ihr eingefallen, dass sie einen Topf auf dem Herd vergessen hat.

Enttäuscht drehe ich mich zu Maiken um.

»Findest du nicht, der hat was von ner Spinne?« Sie wischt sich die Finger an ihrer Hose ab, legt die Hand schützend auf ihren Bauch. »Tut mir leid«, fügt sie hinzu, als sie mein Gesicht sieht, »ich weiß, ihr habt euch angefreundet. Aber jetzt habe ich ihn ja gesehen, damit ist es doch gut, oder?«

Am Abend sitze ich auf dem Klo, in meiner Unterhose ist Blut. All die Unterschiede zwischen Maiken und mir; jene, die immer schon unterschwellig vorhanden waren – abgeschlossene Ausbildung, ein Partner, ein richtiger Job, die Leichtigkeit, mit der sie durchs Leben geht –, und dazu jetzt noch alles, was auch ihr allein vorbehalten ist: eine und zugleich zwei zu sein, auf Alkohol und starken Kaffee verzichten, nicht mehr bluten.

Irgendwann habe ich das Gefühl dafür verloren, aber mehrere Jahre lang bekamen wir unsere Tage im selben Rhythmus. Wenn eine von uns keine Tampons dabeihatte, zog die andere zwei aus der Tasche, und das Blut floss selbstverständlich in Gespräche über Klamottenwahl, Sex, Schwimmen, Menstruationstasse und Schmerzen mit ein. Jetzt sitze ich hier und blute allein. Produziere eine Eizelle und schicke sie auf ihre einsame Bahn, während Maikens Körper sich geschlossen hat. In ihr ist die alte, gemeinsame Zeit stehen geblieben, und eine neue ist an deren Stelle getreten. Und in mir? Welche Zeit lebt da? Gerade weiß ich es nicht.

Am Mittwochnachmittag gehe ich auf dem Weg zum Umkleideraum wie gewohnt durch den Forschungsbereich. Er ist von einer besonderen Aura umgeben, als würden die Wissenschaftler ein Leben abseits des übrigen Aquariums führen, und ich habe so gut wie nie mit ihnen zu tun. Einmal, als ich vorbeikam, jubelte gerade eine Gruppe Leute vor einem Tank, in dem etliche kleine Päckchen mit Hörnern hingen. Eines davon bewegte sich. Ich blieb unbemerkt ein Stück entfernt stehen, bis mir dämmerte, dass es sich bei den Päckchen um Rocheneier handelte und die Leute das Schlüpfen von einem davon feierten. Ein Rochen? Ein hässlicher, flacher Fisch mit langem Schwanz? Ich weiß noch, dass ich dachte, die haben sie nicht mehr alle. Erst später kam mir in den Sinn, dass der ganze Prozess vermutlich Monate, wenn nicht Jahre gedauert hatte.

Einer der Forscher ist auf Korallen spezialisiert. Die meiste Zeit sitzt er völlig gebannt vor einem der Tanks. Das ganze lange Aquarium ist ein Riff im Miniaturformat, eine Art Meeresgarten in Rot-, Gelb- und Grüntönen, aus dem er regelmäßig Proben entnimmt. Links und rechts von ihm stehen weitere Tanks, in denen Korallen auf einer Art Gitterrost heranreifen.

»Mivat hier ist dabei, unseren Planeten zu retten«, sagte Johannes, als er mich das erste Mal herumführte, und seit ich ein bisschen über Korallen gelesen habe, mache ich auf dem Weg dort vorbei meistens halt. Schon ein seltsames Phänomen. Das Riff als eine Art lebender Toter, eine pflanzenähnliche Kalkformation bestehend aus den Leichen der kleinen Korallentiere, die gleichzeitig darauf leben. Tagsüber verstecken sich die mit Algen in Symbiose lebenden Tiere in kleinen Hohlräumen und sonnen sich, damit die Algen Energie gewinnen können, nachts suchen sie mit ihren langen Tentakeln im dunklen Wasser nach Nahrung.

Als ich vorbeikomme, macht sich Mivat gerade auf den Weg den Gang runter Richtung Toiletten. Und da tue ich wieder etwas, das ich nicht ganz erklären kann. Ich tauche mit der Hand in das lauwarme Wasser, fasse nach der Spitze des Riffs und breche ein etwa einen Zentimeter großes Stück davon ab. Es fühlt sich an, wie wenn man einen Streifen Borke abreißt, merkwürdig befriedigend.

Den Rest des Tages trage ich es in der Hosentasche, und jedes Mal, wenn ich danach taste, schmiegen sich die Bruchkanten an meine Finger, als wäre das Stück Riff ein Teil von mir.

»Komm, fühl mal, du hast sie noch gar nicht gespürt.«

Maiken greift meine Hand, zieht ihr Oberteil hoch. Ihr Bauch ist noch praller, als ich gedacht hatte, dunkler Flaum bedeckt ihn unter dem Nabel. Das Bild eines Kokons schießt mir in den Kopf, und genau wie Maiken neulich bei Rosa reiße ich unwillkürlich die Hand weg.

»Warum willst du denn gar nicht dabei sein?« Maiken zieht das Oberteil wieder ein Stück zurück.

Ich wende den Blick ab, der Bauch ist dermaßen heftig. Er sieht aus, als könnte er jeden Moment platzen, und wer weiß, was dann herauskriechen würde, schreiend, glitschig von Fett und Blut?

»Es ist ja nicht, dass ich nicht will, nur ...« Aber was soll ich sagen? Dass ich ihre überdehnte Haut abstoßend finde? Dass ich das Gefühl habe, alles, was ich verliere, ist in diesen Bauch hineingesogen worden, der mir jetzt voller Hohn entgegenragt? Dass sich Speichel in meinem Mund sammelt, wie kurz bevor man sich übergeben muss, beim Gedanken daran, selbst schwanger zu sein und ein Kind zu gebären, das mich gierig studiert, so wie ich meine Eltern studiert habe, Dinge aus meinem Gesicht liest, von denen nicht einmal ich selbst weiß?

»Dass du dich das traust«, ende ich lahm.

»Was soll ich deiner Meinung nach sonst machen?«

Sie wirft die Arme in die Höhe. »So wahnsinnig viele Möglichkeiten bleiben ja nicht.«

»Schon, ich meinte ja nur … Es kann so viel schiefgehen.« Ich lache, um den Worten das Gewicht zu nehmen, aber es gerät zu schrill.

»Warum siehst du immer alles so schwarz?« Maiken presst die Kiefer zusammen, die Luft im Wohnzimmer ist zum Zerreißen gespannt. »Warum kannst du nicht einfach mal daran glauben, dass schon alles irgendwie wird?«

Sie hebt die Hand, fährt sich über die Augen.

»Tut mir leid«, sage ich. »Ich bin blöd. Natürlich will ich mal fühlen.«

Ich strecke die Hand aus.

Sie zögert kurz, zieht dann aber das Oberteil wieder hoch, und ich zwinge meinen Arm zu ihrem Bauch. Ihre straffe Haut ist warm an meiner Handfläche.

»Ich glaube, das ist ihr Fuß.« Maiken drückt meine Hand fester hinein. »Der Kopf ist hier.«

Sie lächelt mich an, winzige Tropfen glitzern in ihren Wimpern.

Ich kann beim besten Willen nicht sagen, ob ich da wirklich nach einer Ferse greife, aber es fühlt sich überraschend fest an und viel weniger tief drin als erwartet. Ein einfacher Schnitt, mehr nicht.

Nachdem Maiken gegangen ist, bleibe ich mit meinem kleinen Korallenstück in der Hand sitzen. Umschließe es mit den Fingern, so fest ich kann, auch wenn es zu nichts weiter führt als einer Reihe roter Abdrücke in der Haut.

Das Baby: eine Invasion von lebendem Gewebe. Ein Parasit, der eine freundliche Übernahme plant, eine kleine, keimende Koralle. Weder Stein noch Pflanze, sondern ein sauerstoffgesättigtes, vibrierendes Tier, das sich zum Hervorbrechen bereitmacht. Ein Wasserwesen, das sich in Maiken hin und her dreht, der Abstand zwischen dem, was wir waren, und allem, was kommen wird. Man bringt kein Kind zur Welt und macht einfach weiter wie vorher.

Meine Koralle ist eine blasse, leblose Struktur. Aber wenn Maikens kleine Koralle vom Stiel abgebrochen wird und zur Oberfläche strebt, wird sie ihre Farben nicht verlieren und sterben. Sie wird den Mund öffnen, ihren ersten Atemzug tun und schreien, damit kein Zweifel darüber besteht, dass die Welt eine andere geworden ist.

In der nächsten Zeit höre ich nichts von Maiken. Ich rufe sie auch nicht an, stattdessen liegt mir ein Stein im Bauch, der auf die Eingeweide drückt und meine Schritte verlangsamt. Damit er weggeht, sage ich mir, dass ich alles habe, was ich brauche. Dass ich allein klarkomme, auch ohne sie, und es nur gut ist, wenn ich mich innerlich schon mal auf ihr Verschwinden vorbereite. Das Problem ist natürlich, dass das nicht stimmt.

In der Mittelstufe schlossen Cecilie und ich uns zusammen, weil wir beide sonst niemanden hatten, und kaum gingen wir nach der Zehnten ab, lösten wir uns wieder. Wenn ich jetzt daran zurückdenke, sehe ich mich selbst als eine der Krabben aus dem Aquarium, die sich mit dem weichen Bauch nach unten methodisch vorwärtsschob, quasi seitwärts durch die Zeit auf einen Punkt zu, wo etwas besser werden konnte. Dieser Punkt war Maiken.

Klar, in gewisser Weise habe ich wahrscheinlich alles, was ich brauche, und allein lebt es sich auf jeden Fall leichter. Niemand, der Dinge von mir verlangt, die ich nur selten geben kann, niemand, in dessen Gesellschaft ich mich außen vor fühle.

Andererseits: niemand, der meine Tage erhellt. Ist es da nicht doch besser, ich tue alles, um sie nicht zu verlieren? Auch wenn das bedeutet, dass ich mich daran gewöhnen muss, in der kühlen Peripherie ihres Sonnensystems zu leben?

An guten Tagen hat es etwas Meditatives, frühmorgens, bevor die Besucher kommen, auf der Treppe beim Meeresaquarium zu sitzen. Wenn ich es ganz für mich allein habe, schaffe ich es manchmal, für einen kurzen Moment Profit und Beton zu vergessen und mir einzubilden, ich säße wirklich vor einem Fenster zum Ozean. Die fünfzig Zentimeter dicke Scheibe, die eigens zu dem Zweck angefertigt worden ist, die Wassermassen zu halten, zeigt einen Querschnitt der Unterwasserwelt. Es wimmelt von Leben. Die flachen Rochen sind leicht zu erkennen, genauso die Stöcker, die golden im Wasser schimmern. Ein Zebrahai stößt beinahe gegen die Wand, bevor er umdreht und zurück zum Riff schwimmt. Der Karpfen, der in derselben Ecke hängt wie neulich, als Maiken da war, starrt ausdruckslos durchs Glas.

Vielleicht hatte ich unterbewusst damit gerechnet, dass das mit Maiken und Daniel früher oder später in die Brüche gehen würde. Dass er sie verlassen würde so wie Kasper mich oder – das wahrscheinlichere Szenario – sie genug von ihm bekäme. So ist es bisher schließlich meistens bei ihr gewesen. Sie hatte schon vorher Beziehungen, jedes Mal geriet unsere dadurch aus dem Gleichgewicht, jedes Mal endete es wieder. Und ich war immer da, um sie aufzufangen, habe mir angehört, warum es nicht geklappt hat. Wir zwei gegen den Rest der Welt.

Aber mit Daniel ging alles so schnell, und mir hätte klar sein sollen, dass es ernst war, als sie aufhörte, mir von ihm zu erzählen. Eines Tages war er einfach da, als gehörte er dazu. Und das setzte eine Veränderung in Gang, das Gefühl, dass sie Dinge mit ihm teilte statt mit mir, den ätzenden Gedanken, dass sie nun mit ihm intime Gespräche führte, sie vielleicht sogar über mich sprachen.

Man sieht sofort, dass sie ihn liebt, ich kenne den Blick. Trotzdem habe ich offenbar insgeheim die Hoffnung gehegt – tief verborgen, so wie mit Dingen, für die man sich schämt, die man sich aber gleichzeitig sehnlich wünscht –, dass es eines Tages auseinandergeht, damit wir wieder zu zweit sind.

Ich stehe von der Treppe auf und trete direkt ans Meeresaquarium, beuge das Gesicht nah zu dem Karpfen. Immer dort in der linken Ecke, wie ein Senkblei. Keine Regung bis auf ein kaum merkliches Zittern der Flossen, der Blick ist leer. Wäre ich die Heldin der Geschichte, würde ich hoch auf die Brücke rennen, die über das große Aquarium führt, das Netz packen und den Karpfen hochziehen. Mir die Taschen vollstopfen mit Seewölfen und Seesternen, Blindfische und Harlekinkrabben in Eimer schöpfen und auf dem Weg an Rosas Tank vorbeilaufen, auch sie mitnehmen. Oben auf der Terrasse würde ich die Tiere vorsichtig über die Brüstung fallen lassen, die freudigen Aufplatscher hören. Rosas Hand bis zum letzten Moment halten und sehen, wie sie sicher an der Seite hinabklettert, in die Freiheit.

Ich straffe den Rücken, trete einen Schritt zurück. Der Karpfen hängt noch immer an der exakt selben Stelle. Für mich sieht es aus, als hätte er aufgegeben.

Am Sonntag schickt Maiken mir das Bild der Woche, aber ich antworte nicht. Fahre nur mit dem Daumen über den Namen auf dem Bildschirm, als könnte ich ihn wegwischen.

Als ich Montagfrüh aufwache, habe ich drei Sprachnachrichten von Maiken, sie hat sie um 02.43 Uhr geschickt. Die Luft in meinem Schlafzimmer ist drückend, Feuchtigkeit aus den Träumen von Rosa klebt mir im Gesicht.

Ich stehe lange unter der Dusche und wasche die eine Sorte Wasser mit der anderen weg. Der Spiegel beschlägt, aber Maikens Zeichnung ist inzwischen kaum noch erkennbar. Erst in der Metro fallen mir ihre Nachrichten wieder ein.

Maikens Stimme knistert in den Kopfhörern, sie erzählt von einer Untersuchung und irgendwelchen ungewöhnlichen Werten. Sie erwähnt das Herz des Babys, aber auf eine gezwungene, ins Positive verkehrte Weise:

Die Ärzte sagen, das muss nichts heißen.

Ihre Stimme klingt allerdings merkwürdig dabei, eher wie ein Hauchen, irgendetwas schwingt mit in der Formulierung, dass es keinen Grund zur Sorge gibt. Was genau muss nichts heißen?

In der Metro sind die Nachrichten schlecht zu verstehen, aber in der letzten erzählt Maiken von einer Yogastunde am Wochenende, bei der eine der anderen Teilnehmerinnen auf ihre Matte gepinkelt hat, ganz so schlimm kann es also nicht sein.

Ich schicke ihr ein oranges Herz, als ich aus der Bahn

steige. Ich muss sie später anrufen und fragen, was es mit diesen Werten auf sich hat.

Doch als ich ins Aquarium komme, switcht der Tag in eine neue Position. Der Großteil meiner Kollegen steht um Rosas Tank herum.

»Was ist los?«

Ich dränge mich zwischen ihnen durch zur Scheibe. Johannes dreht sich zu mir um.

»Was ist los?«, frage ich noch einmal.

»Sie hat mit dem Eierlegen begonnen.«

Ich verstehe nicht, wieso seine Stimme so ernst klingt, warum er diese steile Furche zwischen den Augenbrauen hat, verstehe nicht, warum sich derselbe Ausdruck in unterschiedlichen Variationen auf den Gesichtern der anderen spiegelt. Denn obwohl ich einiges über die Tiere im Aquarium gelesen habe, obwohl ich inzwischen so viel über Oktopusse weiß, bin ich noch nicht an diesem Punkt angelangt. Ich habe mir keine Sekunde Gedanken darüber gemacht, schließlich lebt Rosa hier in ihrem Tank allein. Und deshalb weiß ich von nichts, bis Johannes mir behutsam erklärt, dass Rosa, während sie ihre winzigen Traubeneier zu feinen Ranken anordnet, emsig und ganz in ihr Vorhaben vertieft wie eine kleine Unterwassergärtnerin, gleichzeitig ihren eigenen Tod vorbereitet.

Eigentlich sitze ich hier, um etwas über deine Eier zu lesen, eigentlich bin ich hier, um einen Ausweg zu finden, sofern es einen gibt, aber ich muss mich ihm vorsichtig nähern. Deinem wundersamen Organismus.

Deshalb schaue ich mir ein Video über die Anatomie eines Oktopus an, das Gehirn, das um die Speiseröhre liegt, den papageienförmigen Schnabel, rasierklingenscharf. Hinter dem Schnabel, auf der Zunge, befindet sich ein Band winziger Zähne, mit denen der Oktopus Löcher in die Schalen seiner Beutetiere bohrt, um sein lähmendes Gift hineinzuspritzen.

Du bist ein hochspezialisiertes Raubtier, ich lese: Oktopusse spritzen unter zitternden Bewegungen des Hinterleibs ein giftiges Sekret in die Kiemenhöhle der Beute.

Denkende Arme also, ein Hornschnabel, starker Kiefer, Raspelzunge, Gift. Drei Herzen. Ein Gehirn, das sich wie Efeu durch den Körper rankt.

Dein Blut ist blaugrün, weil du Hämocyanin statt Hämoglobin verwendest, um deinen Sauerstoff zu binden, du benutzt Kupfer, wo ich Eisen benutze. Blaues Blut. Ich denke an kleine Zyankali-Kapseln zu Kriegszwecken, ich denke an blauen Tod.

Indem ich dich noch besser kennenlerne, werde ich nicht verhindern, dass du stirbst, trotzdem lese ich weiter. Der Gedanke an deine drei Herzen, die in einer Reihe liegen und schlagen. Ich schreibe: Das zentrale Herz versorgt die Organe mit sauerstoff-

reichem Blut, die beiden äußeren sind Kiemenherzen, die das sauerstoffarme Blut in die federförmigen Kiemen leiten. Dort wird es mit Sauerstoff angereichert und kehrt zum zentralen Herzen zurück. Drei Herzen, ein Regenwurm kann bis zu acht haben. Meiner Erfahrung nach ist es schwierig genug, auf eins aufzupassen.

Schlagen deine Herzen noch? Ob sie zeitgleich mit dem Eintreten deines Todes stehen bleiben werden?

Meine Hand ist schwer, die Augen fallen mir zu. Ich glaube, du lebst noch. In wenigen Stunden fahre ich zum Aquarium, um dich wiederzusehen.

7

Nachdem Johannes mir das mit Rosas Eiern erzählt hat und auch, was es für Rosa bedeutet, fahre ich direkt nach der Arbeit zur Bibliothek und leihe sämtliche Bücher aus, die es dort über Tintenfische gibt. Ich nehme ein altes Notizbuch und schreibe los, bis meine Hand krampft und die Nacht dunkel und zäh wird, und immer weiter, bis der Morgen graut. Einiges weiß ich schon von Johannes, anderes aus meinen bisherigen Recherchen, aber ich lerne auch etliches Neues, und ich schreibe alles auf. Ich beginne am Anfang. Ich schreibe: Oktopus, ich schreibe: Achtfuß, von altgriechisch okto. Ich reiße ein Bild aus dem Buch, weil der Oktopus darauf Rosa so ähnlich sieht, und lege es dazu. Es ist früh am Morgen, als ich endlich beim Entscheidenden anlange, der Eiablage. Mit bleischweren Lidern lese ich, was Johannes schon versucht hat mir zu erklären: Nachdem Rosa ihre Eier abgelegt hat, wird sie sich nach innen kehren, den Appetit verlieren, vielleicht sogar den Verstand. Der Traum vom Nachwuchs ist der Punkt, an dem ihr eigenes Leben endet. Und nachdem ich das alles gelesen habe, wüsste ich gern, wie ich sie retten kann, aber anscheinend will mir das niemand sagen. Also klappe ich den Laptop auf, schreibe: *Kann man den Tod eines Oktopus verhindern?* Und da auch das keine Ergebnisse liefert: *Oktopus vom Selbstmord abhalten?*

Ein Stück weiter unten in den Suchergebnissen finde ich endlich etwas in einem Absatz über die Sehdrüse, die offenbar nach der Eiablage eine Art Selbstmord-Botenstoff produziert:

Oktopusmütter, bei denen die Sehdrüse entfernt wurde, überließen der Studie zufolge ihre Eier sich selbst, begannen wieder zu fressen und lebten auf diese Weise noch vier bis sechs Monate.

Vier bis sechs Monate. Höchstens ein halbes Jahr. Das würde also erfordern, dass wir Rosa aus ihrem Aquarium holen und ihren zarten Körper aufschneiden. Eine Drüse freilegen, ohne lebenswichtige Strukturen zu verletzen, sie wieder zusammenflicken, jeden Gedanken an Eier löschen und sie wieder ins Aquarium zurücksetzen. Und dann? Selbst mal angenommen, jemand würde eine solche Operation durchführen, selbst mal angenommen, Johannes würde sich darauf einlassen? Ein paar wenige Monate mehr hinter Glas. Gegen den Stein gedrückt dahocken, fressen, was wir ihr füttern, die Scheibe nach einem Weg ins Freie absuchen. Wenigstens erlebt Rosa jetzt ein Gefühl von Sinnhaftigkeit, das hat man ihr mit jeder Bewegung angesehen. Welches Recht habe ich, ihr das zu nehmen, nur um sie ein bisschen länger zu behalten?

Haben wir uns nicht schon genug eingemischt?

Hier stehe ich also wieder vor dem großen, gestrandeten Wal, genau wie an meinem ersten Tag im Januar. Ich habe nicht die geringste Lust, ihn zu betreten. Die allmorgendliche Vorfreude, Rosa zu sehen, ist einem scharfen Stechen in der Brust gewichen. Gestern habe ich die Abdeckung angehoben, ohne dass sie nach oben kam, sie gerufen, ohne dass sie auch nur in meine Richtung geschaut hätte. Solche Tage gab es vorher zwar auch schon hin und wieder, aber diesmal war es anders. Sie saß vor ihrer Höhle, als weile sie in einer anderen Welt. Fuhr mit dem Arm auf eine Weise, die mich an Maiken erinnerte, über ihren offenbar durch die Schwangerschaft gewölbten Körper, wandte sich mit ihrem ganzen Wesen ab. Ich kann nicht genau sagen, wie, aber ich wusste, dass sie weg war.

Auf einmal komme ich mir dermaßen dumm vor. Da saß ich und habe einer Krake meine Gedanken anvertraut, eine Freundschaft mit Rosa erfunden, um mich weniger allein zu fühlen.

Letztlich gehe ich natürlich doch durch den Eingang. In einem Nebel aus Müdigkeit verrichte ich meine übliche Routine, steige in meine Arbeitsklamotten, wiege Tobiasfische, füttere Tiere und räume auf, aber die Stimmung im Aquarium hat sich verändert, und ich bin nicht die Einzige, der das so geht. Ich sehe es in den

Augen der anderen, wenn ich sie auf den Fluren treffe, höre es an Johannes' Stimme.

Und Rosa ist wie in den Bann geschlagen. Die Eier zu legen und anschließend auf sie aufzupassen erfordert ihre ganze Aufmerksamkeit, und obwohl wir ihr das Essen mit einer Zange direkt vor der Nase servieren, wird sie es nicht anrühren. Wann immer ich im Laufe des Tages vorbeigehe, sitzt sie in der Höhlenöffnung oder hängt kopfüber von deren Rand, um ihre unbefruchteten Eier vor etwas zu beschützen, das sie wahrscheinlich selbst kaum benennen kann, mit einem Urinstinkt, den selbst die Monate in Gefangenschaft nicht auslöschen konnten. Ab und zu streicht sie mit der Spitze eines Arms über die blassweißen Blasen, die dort drinnen in Girlanden herabhängen. Es sieht aus, als würde sie auf ihnen spielen, sachte wie auf einem Streichinstrument. Wenn ich die Augen schließe, kann ich es beinahe hören.

Meine Haut ist kalt und schrumpelig, als ich um kurz vor vier nach dem für heute letzten Versuch, mit ihr Kontakt aufzunehmen, die Hand aus dem Becken ziehe. Ich habe die leise Hoffnung, sie schmeckt mich wenigstens im Wasser und weiß, dass ich da war.

In der Nacht träume ich: Wie das Wasser aus den Glaskäfigen in meine Lunge dringt, meine Gefäße weitet und mit einer Druckwelle sämtliche Scheiben zum Splittern bringt.

Ich strecke die Hand aus: Deine Augen wie kleine Laternen im nachtschwarzen Meer. Auf dem Weg fort.

Eine weitere Nacht mit viel zu wenig Schlaf. Ich habe mir den Wecker so gestellt, dass ich vor den anderen da bin, und eine Dreiviertelstunde, nachdem er geklingelt hat, wanke ich wie eine Schlafwandlerin durch das menschenleere Aquarium.

Rosa sitzt dicht bei ihren Eiern, in derselben Haltung, wie als ich sie verlassen habe. Einige Minuten später spritzt sie durch ihren Siphon frisches Wasser auf sie. Inzwischen weiß ich, dass sie das tut, um sie mit Sauerstoff zu versorgen. Sie dagegen weiß nicht, dass es sinnlos ist. Sie ist mutterseelenallein dort drin, niemand konnte ihre Eier befruchten, und egal wie sehr sie sie hegt und wie viel sie opfert, sie werden niemals schlüpfen. Anfangs bestand wohl die klitzekleine Hoffnung, sie könnte in Freiheit befruchtet worden sein und den Samen bis jetzt aufbewahrt haben, aber dann kam schnell die Ernüchterung. Die bleichen Eiertrauben hinter ihr sind unübersehbar leer.

Die Luft im Aquarium fühlt sich an diesem Morgen besonders an, voller glitzernder Stränge aus Wassermolekülen, die sich als Feuchtigkeit in die Nase setzen und hinter den Augen drücken. Das schummrige Lampenlicht fällt durch das Wasser auf Rosa, die vollkommen regungslos dahockt. Nicht einmal das frische Stück Schellfisch, das ich ihr mitgebracht habe, kann sie locken.

»Bist du da?«, rufe ich. Aber wo auch immer Rosa ist, ich habe keinen Zugang dorthin. Ihre Augen sind halb um die große Pupille geschlossen, jetzt hebt sie den Arm, wie im Traum, und streicht damit über ihren aufgeblähten Leib.

»Rechne besser nicht damit, dass sie noch mal Kontakt aufnimmt.«

Ich hebe den Kopf. Johannes ist offensichtlich auch früher gekommen.

»Draußen finden auch nicht alle einen Partner.« Er nickt mit dem Kinn Richtung Meer. »Sie braucht dir also gar nicht so leid zu tun. Dass sie die Eier legt und sich um sie kümmert, ist das Natürlichste, was sie jetzt machen kann.«

Ich weiß, er versucht nur, mich zu trösten, und ich sehe selbst, dass es absurd ist, wegen eines einzelnen Tieres so traurig zu sein. Wenn ich den Blick hebe, gibt es viel größeres Leid, das ist mir bewusst, aber das ändert nichts daran, dass ein Geschöpf, das ich lieb gewonnen habe, vor meinen Augen verhungert. Rosa liefert gerade die letzte Darbietung ihres Lebens in einem Raum aus Glas, und es zerreißt einem das Herz, dass sie auf diese Weise abtreten soll. Meine schöne, kluge Freundin begreift weder, was für eine Farce ihr Leben geworden ist, noch ihren eigenen, persönlichen Betrug: dass sie die leeren Hülsen für den Rest ihrer Tage umsorgen und ihr Leben für sie opfern wird.

Als ich am Nachmittag auf dem Weg nach Hause am Büro vorbeikomme, ruft Johannes mich herein. Er sitzt am Schreibtisch und hat eine neue Brille auf, mit der er merkwürdig aussieht, und vielleicht sehe ich auch merkwürdig für ihn aus, denn er nimmt sie ab, als ich über die Türschwelle trete.

»Wir nähern uns dem Ende«, sagt er, und erst denke ich, er redet von Rosa. Dann kapiere ich, dass er mich meint. Mein halbes Jahr, meine Zeit mit Lohnkostenzuschuss, das ist bald vorbei.

Er schlägt vor, dass wir uns »einen Moment nehmen«, um das Ganze zu evaluieren.

»Am besten am Freitag, komm einfach vorbei, bevor du gehst«, sagt er.

Ich weiß nicht, was ich davon halten soll. Gerade ist alles so viel, dass ich es schwer sortiert kriege. Einerseits bin ich dann nicht mehr täglich im Zwiespalt den Tieren gegenüber, weil ich insgeheim finde, sie sollten gar nicht hier sein. Andererseits wird mir plötzlich klar, dass ich dann auch Johannes und die anderen nicht wiedersehe, dass ich dann nicht mehr mit geschlossenen Augen dem Walgesang lauschen kann. Dass der Alltag, der mir trotz allem inzwischen gefällt, aufhören wird.

Das habe ich natürlich die ganze Zeit gewusst. Ich bin die ewige Azubi, es ist keine Überraschung, dass meine Zeit abläuft. Aber dass die Tiere im Aquarium und besonders Rosa in dieser Weise ein Teil meiner Welt werden würden, konnte ich an jenem Januarmontag, als ich hier zum ersten Mal stand, unmöglich vorhersehen. Außerdem kommt es mir irgendwie falsch vor, Rosa gerade jetzt zu verlassen, wo sie am verwundbarsten ist.

Maiken ruft mich fünf Minuten nach meiner Feierabendzeit an, aber ich gehe nicht ran. Ich habe keinen Plan, wie es weitergehen soll, und schaffe es jetzt einfach nicht, mit ihr zu reden.

Auf dem Weg zur Haltestelle sehe ich etwas vor mir in der Luft flimmern. Ein bisschen wie Pollen oder hauchfeiner Regen, aber sozusagen außer Reichweite, immer knapp neben der Stelle, zu der ich schaue. Dann, ganz plötzlich, ist es weg.

Anders als sonst hat Maiken diese Woche kein Bild geschickt, deshalb google ich in der Metro, um auf andere Gedanken zu kommen. *Woche 33*, lese ich, *dein Kind kann bald allein atmen.* Anscheinend ist es in Mode, Schwangerschaften mittels Früchten zu bemessen, aber auch wenn der Fötus inzwischen die Länge einer Wassermelone hat, sehe ich bloß seine bedrohliche, eiförmige Gestalt.

Am nächsten Tag muss ich mich zur Abwechslung einmal nicht um den Putzdienst unter den Lautsprechern streiten.

»Du siehst aus, als könntest du's brauchen«, sagt Elza und drückt meinen Arm auf eine Art, die ich normalerweise hasse, bei der mich in diesem Moment aber ein warmes Gefühl durchströmt. Und das Wasser schwappt um mich herum, und die Wale erzählen einander von weit entfernten Orten, die sie besucht haben, und davon, wie sehr sie sich auf das Wiedersehen miteinander gefreut haben, und die ganze Zeit, während ich Filter reinige und Salzablagerungen entferne, steigt das Wasser auch in mir.

Hallo?? Lebst du noch? Ruf mich an.

Ich antworte ihr so spät, dass ich sicher sein kann, dass sie schon schläft:

Ja, bin noch am Leben, im Aquarium ist grad so viel los. Ich ruf dich bald an, versprochen!

Momentan, wenn ich durchs Aquarium gehe, weiß ein Teil von mir die ganze Zeit genau, wo sich Rosa befindet. Ich habe eine Kompassnadel in der Brust, die auf sie zeigt, selbst wenn ich im Kühlraum stehe und Fischabfälle aus einem Eimer in einen anderen kippe, selbst wenn ich mir am Waschbecken in der Toilette die Hände sauber schrubbe. Und solange sie zitternd in eine Richtung weist, bilde ich mir ein, dass Rosa noch lebt. Dass sie erst, wenn die Nadel sich wie wild hin und her dreht, nicht mehr da ist.

Bevor ich Feierabend mache, besuche ich sie ein letztes Mal. Das gleiche Bild wie vorher, nur noch etwas trauriger. Zwei ihrer Arme streichen jetzt am Körper hinab, immer wieder, in einer zwanghaften Endlosschleife, sie atmet still durch den Siphon. Ihre Haut ist weißlich und von einem Netz dunkler Linien überzogen, die an die Maserung eines Baums erinnern. Sie sieht krank aus, als könne eine starke Strömung Fetzen aus ihrer losen Haut reißen und wegtragen und sie selbst würde nur deshalb nicht mitgezogen, weil sie sich um jeden Preis am Stein festklammern würde, um bei ihren Eiern zu bleiben.

»Siehst du denn nicht, dass sie leer sind?«, frage ich, meine Stimme ist viel zu laut. »Verstehst du nicht, dass das bloß Täuschung ist?«

Das mit der Entfernung der Sehdrüse geht eine Nummer zu weit, das ist mir schon klar. Aber was, wenn ich ins Wasser greife und die faulen Trauben rausreiße? Den Wahn breche, bevor Rosa begreift, was passiert? Das Schloss klemmt, oder es liegt an meinen merkwürdig steifen Fingern. Aber schließlich bekomme ich es auf. Ob sie mich beißt, wenn ich ihre Eier berühre? Die Rosa, die ich kenne, würde mir nie etwas tun, aber sie ist jetzt jemand anders, rein auf ihren Instinkt zurückgeworfen. Ich schiebe den Deckel halb zur Seite. Ein einziger schneller Griff, mit der Hand in die Höhle, so viele raffen wie möglich und wieder raus? Mein Magen zieht sich zusammen bei dem Gedanken. Die Eierblasen sind der festen und gleichzeitig elastischen Haut der Stachelbeeren ganz ähnlich, die ich als Kind in die Hand spuckte, nachdem ich das süße Fruchtfleisch herausgesaugt hatte. Ich fahre mir mit dem Finger unter der Nase lang. Wenn ich das wirklich tun will, brauche ich irgendeinen Behälter. Neben der Tür steht ein Eimer, aber da fällt mein Blick wieder auf Rosa. Ihr hartnäckiger Kampf, wie ausgezehrt sie schon ist. Ich kann das nicht. Sie wird nicht mehr ins Leben zurückkehren, selbst wenn ich jetzt zur Diebin werde.

Für ein paar Sekunden lege ich die Hand auf die spiegelnde Wasseroberfläche, ein Streicheln, das sie niemals spüren wird. Dann schiebe ich die Abdeckung wieder zurück, schließe ab und gehe mit wackeligen Beinen zum Umkleideraum.

Der Donnerstag ist gedrückt und voller zurückgelegter Distanzen. Vom Meeresaquarium zu den »Seen«, vom Putzraum zum »Regenwald«, und als ich bei Rosa ende, muss ich mindestens einen Marathon gelaufen sein. Alex steht schon dort. Er wirkt angestrengt, als versuchten seine Beine wegzukommen und blieben nur an Ort und Stelle, weil er sie zwingt.

»Was macht sie da?«

Ich beuge mich vor, kann mir aber keinen Reim darauf machen, was da in Rosas Aquarium abläuft. Ich habe noch nie etwas Derartiges gesehen.

»Ich glaube, sie nagt ihren Arm ab.« Alex wendet sich ab, seine Augen schimmern. »Ich hole Johannes.«

Er rennt los, den Gang runter, und ich sinke vor Rosa auf die Knie. Sie sieht aus wie ein Papiertaschentuch in einer Pfütze. Ihre Haut ist rissig und porös, blasser, als ich es je zuvor bei ihr gesehen habe. Die vielen Eier hängen aufgereiht hinter ihr, der Anblick erfüllt mich mit Ekel. Für diese leeren Hülsen will sie sterben.

Kleine blaue Blutsprenkel treiben umher wie Tropfen von einem Aquarellpinsel, die sich im Wasser auflösen. Der eine Arm ist unter ihr angewinkelt und an der Stelle verschwunden, wo der Schnabel verborgen liegt. Sie verstümmelt sich wirklich selbst, mir zieht es schmerzhaft die Wirbelsäule hinunter.

So schnell ich kann, hieve ich den Deckel zur Seite. Aber sie reagiert nicht auf mein übliches Rufen, deshalb schlage ich stattdessen mit der flachen Hand ins Wasser, immer fester, auch wenn es über die Ränder schwappt. Rosa und ihre Eierranken dort unten geraten ins Schaukeln, trotzdem lässt sie nicht von ihrem Arm ab. Ich kann keinen Kontakt zu ihr herstellen, keine Chance. Das Gefühl, das ich vorher manchmal hatte, dass sie mich sieht, mich in ihr Bewusstsein aufnimmt, ist vollkommen verschwunden.

»Rosa«, rufe ich und schlage seitlich gegen den Tank, was zwar verboten ist, mich aber nicht kümmert, doch sie bemerkt mich immer noch nicht. Da höre ich Stimmen hinter mir, jemand fasst mich am Ellbogen.

»Sie will nicht loslassen«, protestiere ich. »Wir müssen sie rausholen!«

Doch Johannes schüttelt den Kopf.

»Sobald möglich, bringen wir sie nach hinten. Das Beste, was wir jetzt für sie tun können, ist, ihr Ruhe zu geben.«

»Ruhe? Für das hier?« Ich deute aufs Aquarium, das Blut wallt wie Rauchschwaden durchs Wasser.

»Ja«, sagt er. »Selbst dafür.«

Was wäre, wenn – solche Gedanken bringen einen selten weiter. Man kann die Zeit nicht zurückdrehen. Und trotzdem: Hätte ich nur die Stelle im Aquarium nicht bekommen. Wäre Maiken vor gut zwei Jahren nur nicht zu dieser Party gegangen, wo Daniel Barkeeper war, wäre ich nur die Art Mensch, die Ja sagt statt Nein, dann wäre sie in dieser Nacht vielleicht nicht mit ihm nach Hause gegangen. Wäre nur meine Oma nicht tot und Kasper nicht nach Amerika gegangen. Hätte ich mich nur von Anfang an ein bisschen mehr in dieser Welt zu Hause gefühlt.

Es besteht keine tatsächliche Verkettung dieser Ereignisse, das ist mir klar, aber gerade fühlt es sich so an. Als hätte eine Serie unglücklicher Begebenheiten mich ausgerechnet hierher geführt, und hätte ich mich nur an irgendeinem Punkt wenigstens einmal selbst überrascht oder wäre ein etwas besserer Mensch gewesen, wäre ich jetzt ganz woanders.

Unter normalen Umständen würde ich Maiken davon erzählen, was gerade Schreckliches mit Rosa geschieht. Sie würde mir nach der Arbeit heißen Kakao machen oder viel zu viel Zeit darauf verwenden, einen Kuchen zu backen, der unten komplett verkohlt ist, und es würde helfen. Stattdessen sitze ich mit dem Rücken zum Abendlicht auf ihrem alten Platz auf der mittleren Fensterbank und öffne gerade meine zweite Flasche Wein, als mein Handy klingelt.

Es hat etwas Surreales, als ich sehe, dass sie es ist. Maikens Name auf meinem Display, ich auf dem Platz, der mal ihrer war.

»Hi«, sage ich mit schwerer Zunge.

»Wo warst du?« Keine Einleitung, sondern direkt zur Sache, ein kräftiger Tritt in die Kniekehle. »Warum hast du nicht zurückgerufen?«

Also erzähle ich ihr, dass Rosa krank ist. Keine Details, nur das Wichtigste; dass sie stirbt.

»Wer, dieser Krake?« Maikens Stimme überschlägt sich. »Hast du meine Nachricht nicht abgehört?«

Drei kleine Sprechblasen in der Nacht. Knisternde Angst in meiner Ohrmuschel, das elektrische Surren der Metro. Vorbeiziehende Tage, Nächte voll niedergeschriebener Worte.

»Ich dachte, es wäre nicht so schlimm«, sage ich dümmlich. »Oder vielleicht hab ich auch nicht richtig verstanden, worum es ging?«

»Das ist so typisch für dich!«, bricht es aus ihr heraus, was ich eine merkwürdige Aussage finde, denn nichts von alledem ist typisch, alles fällt auseinander.

Aber Maiken fährt fort: »Deine Familie, Kasper, diese Cecilie aus der Schule früher, es ist immer dasselbe. Du ziehst dich raus, sobald es schwierig wird.«

»Das ist überhaupt nicht dasselbe«, widerspreche ich. »Du weißt, wie meine Familie ist, und Kasper ist nach Amerika, weil er mich anstrengend fand.«

»Wie soll ich etwas über deine Familie wissen, wenn du dich weigerst, über sie zu reden«, kontert sie. »Außerdem *bist* du anstrengend! Du bist so was von anstrengend. Und trotzdem wollte Kasper, dass du mitkommst, *du* wolltest nicht!«

Ich wollte nicht, die Worte schwirren in meinem Kopf, *ich* ziehe mich raus? Sie stellt es dar, als hätte ich eine Wahl gehabt, aber wie hätte ich nach Amerika gehen sollen, wo Maiken doch hier war?

»Tut mir leid, dass ich nicht zurückgerufen habe«, presse ich hervor. Meine Zähne fangen jeden Moment an zu klappern, so wie als Kind früher im Schwimmbad, die Muskeln krampfen sich zusammen. »Ich hatte nur echt viel um die Ohren.«

Und ich hoffe so sehr, dass sie seufzt und sagt, ist schon okay, aber sie ist noch nicht fertig.

»Du bist komisch, seit du weißt, dass ich schwanger bin«, stößt sie hervor. »Und jetzt rufst du nicht mal an, wenn ich dir sage, dass meine Tochter vielleicht einen Herzfehler hat?«

Ich öffne den Mund, weil ich sonst keine Luft bekommen würde, außerdem habe ich so einen komischen Druck auf den Ohren. Meine Hand umklammert den Korkenzieher, als wäre er ein Rettungsring, irgendwo über mir redet Maiken weiter.

»... liebst niemanden außer dir selbst, willst dich bloß nicht verändern«, zählt sie auf, »stimmt doch, oder? Aber hast du mal an die Möglichkeit gedacht, dass sich nicht immer alles nur um dich dreht?«

Ganz offensichtlich liegt ihr das schon länger auf

dem Herzen. Und sie hat recht, warum habe ich sie eigentlich nicht angerufen und gefragt, was es mit diesen Werten auf sich hat, wo ich doch gehört habe, dass irgendetwas nicht stimmt? Ich kenne sie doch, oder?

»Letztens bei dem Ultraschall, da haben mir die Ärzte gesagt, dass mit dem Herz vielleicht was ist, aber ich hab's dir nicht erzählt. Willst du wissen, warum?«

Nein, will ich antworten, bringe aber nur einen flachen, gepressten Laut hervor. Ich spüre ein Brennen, und als ich hinunterschaue, sehe ich, dass sich die Spitze des Korkenziehers in meine Haut gebohrt hat. Ein dunkelroter Tropfen hängt wie eine saftige Beere an meiner Handfläche.

»Weil ich wusste, du würdest mir das Gefühl geben, dass ich selbst schuld bin, dass es eine Schnapsidee war, mit Daniel ein Kind bekommen zu wollen«, ihre Stimme überschlägt sich, »weil ich allein bleiben sollte, allein mit dir!«

»Aber ...« Jetzt rauscht mir das Wasser in die Ohren, und ich balle die Faust, greife nach dem Einzigen, das ich sicher weiß: »Ich liebe dich doch!«

»Ich dich doch auch«, jetzt klingt sie erschöpft, »aber manchmal weiß ich nicht, ob du überhaupt auf meiner Seite stehst. Du glaubst, du wärst so besonders und ach so leidend, aber das Leben ist für alle gleich, okay? Es ist für alle gleich!«

Dann legt sie auf.

Hinterher sitze ich allein im Wohnzimmer. Das klingt bestimmt naiv, aber der Umstand, dass Maiken mit ihrer unendlichen Großzügigkeit, Maiken mit ihrer Leichtigkeit ein derart monumentales Geheimnis vor mir verborgen haben soll, ist ein neuer Gedanke für mich. Dass ich bestimmte Dinge nicht mit ihr teile, ist eine Sache. Aber dass es umgekehrt genauso der Fall war und diese Worte, die keine von uns ausgesprochen hatte, jetzt noch zu dem hinzukommen, was sich mit Daniel und dem Baby und Rosa und allem anderen bereits zwischen uns angehäuft hat, das ist neu.

Aber solche Dinge zu verstehen zählt auch nicht gerade zu meinen Stärken. Ich glaube, das hängt mit dem nagenden Gefühl zusammen, dass es etwas gibt, was die anderen wissen, mir aber nicht sagen. Damit, dass sie Dinge sehen, für die ich keinen Blick habe. Die neue Zeit wird mir erst zugänglich werden, wenn die alte hinter mir verschwindet, bis dahin existiere ich bloß. Ziehe die steife Gummihaut der Stiefel über meine eigene, begrabe die Hände in totem Fisch oder Wäsche, was spielt es für eine Rolle. Das habe ich mir jedenfalls eingeredet. Und dann, wenn plötzlich etwas bricht, weil es spröde geworden ist, lautet mein erster Gedanke jedes Mal: Ja. Natürlich musste es so kommen. Natürlich gehören die drei auf dem Sofa zusammen, während ich hier draußen stehe, natürlich musste Kasper weggehen und Maiken sich abwenden. In diesem Moment scheint es so klar, dass ich zwingend von allen verlassen werden muss, die ich je geliebt habe, dass ich es in gewisser Weise immer schon gewusst habe. Und doch habe ich es noch vor einer Stunde nicht gesehen.

Am Freitag komme ich wieder früher als normal ins Aquarium. Im Umkleideraum hole ich meine Arbeitskluft heraus, lege mein Oberteil und meine Hose zusammen und schiebe den kleinen Stapel ganz nach hinten in den Schrank. Ich wasche mir zweimal die Hände und klebe sorgfältig ein neues Pflaster über das Loch, das der Korkenzieher hinterlassen hat, ein zuckender Schmerz, als ich drücke. Schließlich bleibt nichts zu tun, als zu Rosas Aquarium zu gehen. Ob sie noch lebt?

Sie liegt auf ihrer Höhle. Am Arm die klaffende Wunde, wo sie sich gebissen hat, wir sind nun beide verwundet. Ihre Haut ist bleich. Nicht das heitere Weiß, das sie annimmt, wenn ich sie mit den Fingern am Mantel kitzle, sondern ein farbloses, geisterhaftes Weiß, entwichenes Leben. Drei der gesunden Arme hängen vor der Höhlenöffnung herab. Durch die Strömung im Wasser sehen sie aus wie schwach im Wind wehende Papierfähnchen, die schon bessere Tage gesehen haben.

Unwillkürlich fange ich an zu singen. Leise tröstende Laute, eine Art Wiegenlied, damit sie nicht allein ist. Man sieht kaum an ihr vorbei, aber die vorderen Eierstränge sind erkennbar. Jedes der kleinen Eier hat sie aus dem Siphon gepresst und mit ihren geschickten Saugnäpfen so fein verwoben, dass ich es unmöglich nachmachen könnte, die Schnüre an der Decke und an den Seiten der Höhle festgeklebt, einem inneren Wissen folgend, das sie von ihrer Mutter hat und diese wiederum von ihrer, in einer ungebrochenen Kette von Müttern und deren Nachkommen, die sich Jahrtausende weit zurückstreckt. Mutter um Mutter, die ihren Nachwuchs mit Sauerstoff versorgt, sauber hält, umsorgt und anschließend stirbt.

Und vielleicht ist es der ruhige Puls des Wassers oder das schwere Gefühl der Zeit, die nur immerzu nimmt und nimmt, aber wie ich hier sitze, steigen Bilder in mir auf: über den Sand rennen und unter einer Sonne, die den ganzen Himmel ausfüllt, neben meinem Vater im Meer auf dem Rücken dümpeln. Der erste Schulrucksack, die Bücher in Schutzfolie hüllen und allein mit dem Bus fahren, zurück nach Hause kommen, älter, verliebt, ausgestoßen und begnadigt, plötzlich voller Trotz, Cecilie unterhaken und ihr etwas ins Ohr flüstern und weiter, über die Straße zur Fachoberschule auf die andere Seite des Sommers, der sich zugleich als Kluft entpuppte, und Maiken dort finden. Das Glück, sie dort zu finden. Und unterdessen zwei Dinge wissen: Zum einen, dass ich mich bewegte, nämlich vorwärts. Zum anderen, dass alles vor mir lag und mich erwartete. Dass die Zeit gewaltig war.

Und dann, der Sprung ins Jetzt. Rosa schlaff auf dem Stein, Maikens neue Familie und die Zeit, die auch in mir lebt. Nicht länger ein Versprechen, sondern ein Bläschen an der Backeninnenseite, über das man mit der Zunge fahren kann, dieses Gefühl achtlosen Umgangs mit Leben.

Ich kann nicht sagen, wie lange ich hier schon sitze, als Rosa sich bewegt. Es ist still um uns herum abgesehen von meinem Gesang und, irgendwo hinter uns: den surrenden Atemzügen des Aquariums. Auf einmal fährt etwas in sie. Der Mantel beginnt wie verrückt zu pulsieren, die Augen weiten sich. Ich beuge mich dicht zu ihr vor, und für einen Moment starren wir uns an. Dieser uralte Blick, als wäre sie durch sämtliche Ozeane gereist, hätte jedes Atom in meinem Körper geschmeckt. Ihre Düsternis in mir, vielleicht zum letzten Mal.

Dann ist es vorbei. In einer wirbelnden Bewegung stößt sie sich vom Dach der Höhle ab und steuert direkt auf die am weitesten entfernt liegende Wand ihres Aquariums zu. Und sie bremst weder noch wird sie langsamer, sondern beschleunigt, bis sie mit voller Wucht die Scheibe rammt. Ich zucke zusammen. Kein Laut dringt heraus, trotzdem spüre ich den Aufprall in meiner Brust, vernehme deutlich das dumpfe Geräusch von Fleisch gegen Glas. Wie ein benommener Boxer schleppt Rosa sich zurück zur Mitte des Beckens. Und ich bete, dass sie sich hinlegt und ausruht, aber stattdessen geschieht es wieder: Sie nimmt einen Atemzug, dass sich der Mantel um sie herum bauscht, stößt einen Wasserstrahl aus und schnellt nach vorn. Erneut donnert sie mit ihrem samtweichen Kopf gegen die Wand.

Bamm!

Lautlos, viel zu laut, bamm! Ich bohre den Daumen

in meine verletzte Hand, bis der Schmerz durch mich hindurchschießt, wäre das alles ein Traum, wäre ich jetzt aufgewacht.

Bamm!

Ich muss hier raus.

Bamm!

Rosa wirbelt wie besessen in ihrem Glaskasten umher, erfüllt von einer Kraft, von der mir schleierhaft ist, wo sie sie hernimmt. Sie füllt die Kiemen mit einem weiteren tiefen Zug, presst das Wasser in einem leuchtenden Strom heraus und schießt nach vorn. Das ist das Letzte, was ich sehe.

Ich mache nur kurz bei Johannes' Büro halt, um ihm Bescheid zu sagen, was los ist, und dann bin ich es, die durchs Aquarium fliegt, wie besessen davonjagt; dann bin ich es, die gegen das Glas knallt und benommen einen Schritt zurücktaumelt, als die Türen aufgleiten und da endlich ein Loch ist.

Am Ende, das gleichzeitig ein Anfang ist: das Oktopusweibchen, das mühsam die weißen Eier aus seinem Siphon presst, sie wie Perlen auf lange Schnüre zieht und an den Wänden seiner Höhle festklebt. Sie sauber hält, bis es vor Erschöpfung zusammensackt, weil es nicht gefressen hat, seine Eier nicht verlassen wollte. Die Kunst, nicht zu sterben, ehe sie leben.

Ungefähr zum selben Zeitpunkt, wenn die Mutter loslässt, schlüpfen ihre Eier. Die Jungen schweben zur Höhlenöffnung, und bereits da: acht perfekte Arme, drei kleine schlagende Herzen.

Draußen wird es hell, mir ist flau vor Müdigkeit. Ich glaube, ich war noch nie eine ganze Nacht lang wach, trotzdem mache ich weiter. Hierauf habe ich mich die ganze Zeit zubewegt, das ist es, was ich verstehen muss. Und in kaum noch leserlicher Schrift notiere ich: Wenn das Männchen sein Samenpaket an das Weibchen übergeben hat und die Paarung erfolgt ist, verschwindet das Männchen. Das Weibchen kann die Eiablage auf einen passenderen Zeitpunkt verschieben, doch sobald es so weit ist, verwendet es all seine Kraft auf die Eier. Verläuft die Mission erfolgreich, werden zum Schluss Tausende winzig kleiner Junge geboren. Nur einige wenige, vielleicht zwei oder drei von Hunderttausenden Schlüpflingen, überleben die ersten

Monate, in denen sie hilflos umhertreiben, ohne dass ihnen jemand zeigt, wie sie leben sollen. Sie müssen alles eigenständig erlernen: eine Höhle finden, Beute jagen, ihre Feinde erkennen. Und zuletzt natürlich, wenn sie es schaffen, sich dahin durchzuschlagen, eines Tages selbst Eier legen.

So viel zu lernen, und das in so kurzer Zeit. Die meisten Kraken werden nur wenige Jahre alt.

Aber in den Büchern steht nichts darüber, was passiert, wenn die Eier unbefruchtet bleiben, es findet sich nur Geburt gleich Tod. Kann man denn wirklich gar nichts tun? Ich schiebe den Bücherstapel beiseite und begebe mich stattdessen im Internet auf die Suche. Stoße auf die gleichen leeren Hülsen, wie du sie hinter dir in der Höhle versteckst, lasse die Worte zu mir durchdringen: Auch in Fällen, bei denen die Eier nicht befruchtet wurden, wird das Weibchen sie in aller Regel pflegen und über kurz oder lang ihr Leben für sie opfern. Ich klicke auf den Artikel über die chirurgische Entfernung der Sehdrüse, die unmögliche Begegnung von kaltem Stahl und nachgiebigem Gewebe.

Auf dem Bildschirm vor mir startet ein Video, das Babyoktopusse beim Schlüpfen zeigt. Erschöpft und mit brennenden Augen lehne ich mich zum Schauen zurück. Die Kleinen sind bereits voll entwickelte Minikraken, mit winzigen wedelnden Armen und blinzelnden Augen. Die Mutter bläst sachte durch ihren Siphon auf sie, und wie die Schirmchen einer Pusteblume an einem Spätsommertag schweben sie getragen vom letzten Atemhauch ihrer Mutter zur Höhlenöffnung, hinaus ins große Meer.

8

Obwohl es fast fünfzehn Kilometer sind, fahre ich mit dem Fahrrad zum Sommerhaus. Ich habe das Bedürfnis, in die Pedale zu treten, Abstand zu bringen zwischen mich und alles, was einstürzt. Rosa stirbt, und letztlich ist eingetreten, was ich seit dem Tag gefürchtet habe, als Maiken und ich spazieren waren und sie nach meiner Hand griff, in Wahrheit vielleicht sogar seit sie mich zum allerersten Mal gefragt hat, ob ich mitkommen will, eine rauchen. Als sie mich mit diesem Lächeln anschaute und ich dachte: Jetzt schaut sie wieder weg. Jetzt.

Meine Klamotten sind durchgeschwitzt, als ich ankomme. Ich streife sie ab, stelle mich unter die Dusche und drehe das Wasser so heiß, dass alles brennt. Zähle rückwärts dabei, 100, 99, 98, wenn man den Rhythmus erwischt, passt es genau mit der Füllmenge des Boilers. Wäre Oma nur hier. Sie könnte mir vielleicht erklären, was gerade passiert. Ich habe es, glaube ich, immer noch nicht verstanden.

Als ich fertig bin, habe ich zwei entgangene Anrufe von Eierstirn und Johannes, aber ich rufe nicht zurück. Ich weigere mich zuzusehen, wie Rosa Selbstmord begeht. Sollen sie mir von mir aus bis in alle Ewigkeit Sanktionen aufbrummen, ist ja sowieso alles vorbei.

Nach dem Duschen gehe ich in frischen Sachen zum Strand. Es ist Jahre her, seit ich zuletzt hier war, und wie so vieles andere in meinem Leben wirkt auch er verändert. Das Meer, das früher ein Ort zum Schwimmen war, erstreckt sich jetzt vor mir als das Zuhause von Rosa und all den anderen Tieren aus dem Aquarium. Damals nahm ich die oberflächlichen Dinge wahr, die Temperatur, den Stand der Sonne, das eisige Schaudern beim ersten Kontakt mit dem Wasser. Jetzt weiß ich, dass sich unter dieser Oberfläche ein ganzes Universum verbirgt.

Ich setze mich auf den Sand. Das Aquarium muss mir doch hinter die Netzhaut gekrochen sein, denn anders als ich gedacht hatte, kommt mir der Strand im Vergleich dazu keineswegs echt, sondern seltsam öde vor. Die ganzen Farben, an die ich mich im Aquarium gewöhnt habe, der Überfluss an Leben. Das Einzige, was ich hier sehe, sind kreischende Möwen über dem trüben Wasser.

Vor mir im Sand, halb unter dem Tang verborgen, liegt eine Qualle. Sie können im Prinzip ewig leben, wenn sie nicht gefressen oder getötet werden, können sich immer wieder regenerieren, doch der durchsichtige Klumpen vor mir wurde von den Gezeiten getäuscht. Es ist ein Weibchen, die Zeichnung ist orange.

Ohne zu wissen, warum, hole ich mein Handy heraus und mache ein Foto. Dann grabe ich vorsichtig die Hände unter sie und trage sie zurück ins Meer.

Den Großteil des Abends recherchiere ich zu Herzen. Um zu verstehen, was an dem Tag, als Maiken und ich uns nach dem Ultraschall an der Metro verabschiedeten, in ihr vorging. Um zu verstehen, was sie verborgen hat, zumindest vor mir.

Gegen zwei schlage ich mein Notizbuch auf, um einen Überblick zu gewinnen, so wie ich es mit Rosa gemacht habe. Ich schreibe:

Ventrikelseptumdefekt. Angeborener Herzfehler, in der Regel in Form eines Lochs in der Scheidewand zwischen den beiden Herzkammern. Das Loch kann an verschiedenen Stellen liegen, unterschiedlich groß sein und allein oder in Verbindung mit anderen Herzfehlbildungen auftreten.

Aufgrund des Lochs fließt sauerstoffreiches Blut von der linken Herzkammer in die rechte und weiter in die Lunge, wodurch die Lungengefäße überlastet werden und sich die rechte Herzkammer vergrößert. Kleinere Löcher müssen nicht unbedingt geschlossen werden, bei größeren ist eine OP nötig, um das Herz zu entlasten.

Ich blättere um. Ich schreibe:

Ebstein-Anomalie. Hierbei handelt es sich um eine Fehlbildung und Verlagerung der Trikuspidalklappe. Der rechte Vorhof ist vergrößert und die rechte Herzkammer verkleinert, wodurch es zu einer Überbelastung kommt. Meist liegt zusätzlich noch ein Loch in der Vorhofscheidewand vor, durch das sauerstoffarmes Blut von der rechten Herzhälfte in die linke gelangt. Dadurch sinkt die Sauerstoffsättigung im Blut, und die Haut kann sich bläulich färben. Je nach Ausmaß der Fehlbildung reicht das Spektrum von praktisch keinerlei Symptomen bis hin zu schwerwiegenden Erkrankungen, die einen operativen Eingriff erfordern.

Es gibt noch viele andere Herzerkrankungen, erschreckend viele, aber die zwei passen am besten zu dem, was Maiken erzählt hat. In beiden Fällen kann ihr Baby entweder mit akuten, lebensbedrohlichen Komplikationen auf die Welt kommen oder kerngesund, sodass man sich völlig umsonst Sorgen gemacht hat.

Ich denke: Was sagt es über mich aus, dass meine beste Freundin mir das nicht erzählen konnte?

Ich denke: Würde Maiken im Aquarium leben, würden wir sie jetzt nach hinten zu den kranken Tieren verlegen, genau wie Johannes es mit Rosa vorhat.

Dann lege ich mich in Omas Bett und versuche zu schlafen.

In der Nacht, in der du stirbst, träume ich von dir:

Ich träume, es gäbe irgendwo ein anderes Aquarium, wo du auf dem Grund sitzt und wartest. Ein ganz anderes Leben.

Als ich aufwache, ist es still im Haus und dunkel draußen. Ich habe eine SMS bekommen, und obwohl ich keine Lust habe, sie zu lesen, tue ich es. Sie ist von Johannes und bestätigt, was ich schon beim Aufwachen wusste: Die Kompassnadel dreht sich richtungslos um die eigene Achse. Rosa ist tot.

Hier liege ich also im Bett und fühle mich unsäglich allein. Das ist das Fiese an der Einsamkeit, jedenfalls so, wie ich sie kennengelernt habe: Sie sticht erst richtig zu, wenn man das Gegenteil erlebt hat.

Und vielleicht tragen die Ausflüge hierher in Omas Sommerhaus dazu bei, deutlich zu machen, was im Lärm der Stadt beinahe untergegangen wäre: dass ich anscheinend alles allein schultern muss. Die Winterdunkelheit, das Weiß. Die Liebe und alles, wovon ich vergebens gehofft hatte, es wäre mein. Vielleicht hatte ich die ganze Zeit recht. Vielleicht gibt es nur mich.

Zwei Stunden später setze ich mich mit einer Tasse Kaffee auf die Türschwelle und wische durch die Galerie auf meinem Handy. Ich muss die Bilder von Rosas aufgedunsenem Körper aus dem Kopf kriegen. Das erste Foto, das ich von ihr finde, ist unscharf, bestimmt weil ich mir, als ich es gemacht habe, unsicher war, ob sie mich nicht vielleicht beißt. Es zeigt meine Hand und darum geschlungen fünf von Rosas Armen, der Rest von ihr ist unter Wasser. Nur eines ihrer klugen Augen schaut zu mir auf.

»Hey, du«, flüstere ich.

Vor diesem Foto kommen mehrere von Maikens Babybildern. Ein Streifen von dem getrockneten Seetang, den sie jeden Morgen partout essen will, weshalb ich immer eine Tüte in der Schublade habe, obwohl ich das Zeug eklig finde. *So groß ist mein Kind jetzt.* Die kleine Elefantenfigur mit dem gereckten Rüssel und Löchern für Räucherstäbchen im Rücken, die ich in Indien für sie gekauft habe. Dann kommt ein Video von Rosa. Sie lässt sich an der Scheibe entlangfallen, fängt sich mit den Saugnäpfen am Glas auf und wechselt abrupt die Richtung. Steigt stattdessen empor, beinahe unwirklich grazil. So sieht der Großteil der Galerie aus. Erinnerungen an einen Oktopus und die Zeichen von Maikens schrittweiser Veränderung: die Halskette, die ich ihr zu ihrem zwanzigsten Geburtstag geschenkt habe, auf halbe Länge zusammengelegt. *So groß ist mein Kind jetzt.* Die zusammenpassenden Strümpfe, die wir auf dem Weihnachtsmarkt gekauft haben und die keine von uns trägt aus Angst, sie abzunutzen. All die Gegenstände fügen sich auf meinem Display zu einem chaotischen Mosaik und ergeben ein Bild, das ich aus irgendeinem Grund bisher nicht erkannt habe. Ich weiß nicht, ob sie es bewusst gemacht hat, aber jedes der Fotos, die Maiken mir in den letzten fünf Monaten geschickt hat, enthält einen Schnipsel unserer Geschichte. Wie konnte ich das übersehen?

Maiken, die überglücklich erzählt, dass Daniel bei ihr einziehen wird. Ich, die sie mit ihren eigenen Worten daran erinnert, wie er immer die Handtücher auf den Boden schmeißt, wie nervig er laut ihrer eigenen Aussage sein kann. Ich, die fragt, ob das echt so eine gute Idee ist. Maiken, die mir von ihrer Schwangerschaft erzählt, und ich, die als Erstes ein Nein ausstößt, ich, die sagt: »Ihr seid ja auch noch nicht so lange zusammen.«

Maiken, deren Licht ich durch mich habe hindurchscheinen lassen im Glauben, das wäre genug.

Hastig rufe ich das Foto von der Qualle auf.

Ich bin Viggas zermatschtes Hirn, schreibe ich. *Kannst du mir verzeihen?*

Nachdem ich die Nachricht abgeschickt habe, warte ich einige Minuten, aber sie antwortet nicht. Was, wenn sie jetzt auch weg ist?

Am liebsten würde ich sie anrufen, will sie aber nicht drängen, deshalb schließe ich stattdessen die Augen und wappne mich für das Schlimmste. Sehe vor mir, wie ich in zehn Jahren irgendwo stehe, vielleicht in der Schlange bei Netto, und mein Blick auf eine Person fällt, die Maiken ähnelt. Wie mein Herz sticht, weil sie weg ist, und ich, ohne dem näher nachgegangen zu sein, weiß, dass sie wesentlich besser ohne mich klargekommen ist, als ich je ohne sie klarkommen würde.

Ich stelle mir vor, wie ich vergessen werde zu atmen, wenn ich zu fest an sie denke, wie meine Hände herabhängen werden. Hände erinnern sich auf eine besondere Art, dasselbe gilt für das Herz. Es erinnert sich an Wärme und Druck, Haut an Haut, in kleinen vertikalen Schnitten durch die Zeit, durch die das Licht strömen kann. Ein Augenblick beim Abwaschen in ihrer alten Wohnung, wo wir uns im wahrsten Sinne des Wortes so schlapplachen, dass meine Beine nachgeben und ich auf den Boden rutsche. Wir zwei nebeneinander im Zug, sie den linken Kopfhörer im Ohr, ich den rechten, draußen gleiten die Landschaften an uns vorbei. Ein Herz erinnert sich an so etwas, ein Herz kann sich nach Dingen sehnen, die die Hände längst losgelassen haben. So wie dieselben Hände sich in Träumen umeinander schließen können und glauben, sie hätten nach Hause gefunden.

Den ganzen Vormittag lang checke ich permanent mein Handy, und als ich es schließlich nicht mehr aushalte und Maiken anrufe, geht sofort die Mailbox dran. Sie hat ihr Handy sonst nie aus. Ich rufe achtmal an, jedes Mal ohne Erfolg, und schließlich probiere ich es bei Daniel.

»Vigga?« Seine Stimme klingt hektisch. »Wir sind im Krankenhaus. Die Wehen haben eingesetzt.«

»Nein«, entfährt es mir. »Der Termin ist doch erst in über einem Monat?«

Ich blinzle, versuche mich zu orientieren. Mein Fahrrad liegt hinter dem Gartentor, wo ich es gestern offenbar hingeworfen habe, die Sonne hängt als blassgelber Ball hoch über mir. Die Vögel, die während sie schlafen ihren Gesang üben, die Insekten, die unermüdlich die Erde am Leben halten … Soll ich einfach hierbleiben? Will Maiken mich überhaupt sehen, falls ich komme? Aber dann, eine Sekunde darauf: Wie könnte ich nicht?

»Ich bin in einer Stunde da«, sage ich und lege auf.

Hastig schließe ich das Haus ab, und wenige Minuten später strampele ich so schnell ich kann zurück in die Stadt.

Maiken hat ihr Kind zur Welt gebracht. Oder besser gesagt, eine Ärztin hat die Koralle gepflückt und sie zum Luftholen an die Oberfläche gebracht, und ich bilde mir ein, dass ich ihr Schreien bis hierher hören kann. Daniel war bei ihnen, jetzt kam er gerade ins Wartezimmer, um mir mit fiebrigem Blick mitzuteilen, dass das Baby da ist. Maikens Eltern sind auf dem Rückweg vom Urlaub. Um mich herum sitzen andere Menschen auf Stühlen und warten, müde, besorgt, hoffnungsvoll, ich fühle mich seltsam leicht zwischen ihnen.

»Hast du gehört, was ich gesagt hab?« Daniel beugt sich zu mir herunter und greift meine Hände. »Die Geburt lief gut. Mit ihrem Herz ist alles okay.«

Und obwohl ein Teil von mir weiß, dass er von dem Baby spricht, sehe ich Maiken vor mir. Mit ihrem Herz ist alles okay.

Ich lächle Daniel an, stehe auf und umarme ihn. Er hält mich lange fest.

»Sie weiß, dass du da bist«, sagt er, als wir uns lösen. »Gib den zwei einen Moment Zeit, aber wenn du noch ein bisschen warten magst, kannst du später gern reinschauen.«

Und ich warte, »Natürlich«, sage ich, »ich warte so lange wie nötig«. Ich lasse mich zurück auf den Stuhl fallen, springe aber sofort wieder auf, um mir am Kiosk etwas zu trinken zu kaufen, mein Mund ist so trocken, dass ich nicht schlucken kann, und erst als die Verkäuferin mir ein Tempo reicht, merke ich, dass ich weine.

Die Welt ist noch da. Menschen auf dem Heimweg von der Arbeit, ein Bus, der ächzend an der Haltestelle bremst, und gerade brauche ich das alles, um zu wissen, dass auch ich noch da bin. Die Nachmittagssonne blitzt an den Krankenhausfenstern. Mein Schatten fällt scharf und satt auf den Asphalt, und irgendwie wirken die Farben hier im Freien verzerrt, das Neongrün der Bäume gegen den türkisen Himmel, ein greller Kontrast. In dem Moment klingelt mein Handy, Johannes ruft an. Seine Stimme klingt, als käme sie vom tiefen Grund des Meeres. »Tja, jetzt hat unsere kleine Oktopusfreundin ihren Frieden gefunden. Tut mir leid, dass du sie so sehen musstest.«

»Ich denk mal, sie ist so gestorben, wie sie gelebt hat«, erwidere ich und blinzele ins Licht.

»Jaja, und uns alle erwartet dasselbe Schicksal, und die Welt ist kalt und schlecht, stimmt's?« Johannes' Stimme übertönt das Rauschen der Straße. »Ich sag dir mal was: Ja, vielleicht war sie am liebsten für sich, aber die wenigen, die sie mochte, haben ihr etwas bedeutet. Vergiss nicht, wie sie sich immer gefreut hat, wenn du kamst. Außerdem ist sie nicht allein gestorben. Ich war bei ihr.«

Und da sehe ich sie. Nicht verstümmelt und weiß, sondern so, wie sie war, als ich sie zum ersten Mal gesehen habe. Wie sie durchs Becken hinaufschoss, wenn ich nach ihr rief, wie schön sie war.

»Na jedenfalls«, Johannes räuspert sich. »Unser Gespräch steht noch aus.«

»Der ›Tschüss-das-war's-dann‹-Talk?«

»Nein, ich meinte eigentlich den über die Zukunft.«

»Die Zukunft?« Ich drehe mich um. Rechts der Koloss von Krankenhaus, links der strömende Verkehr. »Ich komme nicht zurück, falls du das denkst.«

»Da können wir ja froh sein«, entgegnet er trocken. »Wir haben hier in der Wunderwelt des Wassers schon genug schräge Vögel.«

Und jetzt muss ich trotz allem lachen. Wie lange er sich den wohl schon zurechtgelegt hatte?

»Aber vielleicht gibt es ja andere Möglichkeiten für eine tierliebe Seele wie dich.«

Seine Worte versetzen mir einen Knuff in die Rippen, bringen etwas dahinter zum Schwingen, was sich dort schon geregt hatte, aber da kommt Daniel durch den Haupteingang. Er blinzelt gegen die Sonne und schaut sich benommen um.

»Ich muss los«, sage ich zu Johannes, der bestimmt in seinem Büro sitzt, die runde Brille in die Seetanghaare geschoben, in seiner grellgelben Hose.

»Alles klar. Aber du hast noch eine Chipkarte und Arbeitskleidung von hier, ich rechne also damit, dass wir uns wiedersehen.«

Das verspreche ich ihm, dann legen wir auf.

»Kommst du?«, ruft Daniel, sowie ich in Hörweite bin. »Sie hat nach dir gefragt.«

Und da liegen sie. Maiken zwei Kissen in den Rücken gestopft und Bodil auf ihrer Brust, unfassbar winzig und neu. Ich setze mich auf die Bettkante, drücke vorsichtig Maikens Hand. Alles, was wir zusammen hatten, formt sich zu einem Kloß in meinem Hals, und mir kommt der Gedanke, wie viel einfacher das letzte halbe Jahr ohne all das Wasser gewesen wäre, das plötzlich in mein Leben gedrungen ist. Wer kennt nicht den Wunsch, in einem perfekten Augenblick die Zeit anzuhalten, genau in diesem Moment am Strand, in der Küche beim Abwasch, nur sie und ich? Aber dann denke ich daran, was Johannes mir über die Strömung beigebracht hat: dass ohne sie alles Wasser trüb und sauerstoffarm wird und kein Leben darin möglich ist. Dass Bewegung trotz allem etwas Gutes sein kann. Und mit der mir so vertrauten Bewegung, das Gesicht gezeichnet von Erschöpfung, aber auch einem Schimmer von Glück, reicht Maiken mir ihr Kind, damit ich es nehme.

Weil sie so früh gekommen ist, wiegt sie nur wenige hundert Gramm mehr, als Rosa wog, sie fühlt sich leicht an und zugleich schwer, von einem ganz besonderen Gewicht. Und eigentlich hatte ich beschlossen, dass es okay ist, sie nicht zu mögen. Aber ich glaube, ihre kleine Nase mag ich trotzdem, und wie ihre Haare steil vom Kopf abstehen, und ich mag, was sie mit dem Menschen macht, den ich am meisten auf der Welt liebe. Ich streiche ihr sachte über die Stirn, bis sich die dunkelblauen Augen öffnen, direkt in meine blicken.

»Nimm du sie lieber wieder.«

Ich beuge mich zu Maiken, und das Kind gleitet an seinen Platz, wo es liegt wie ein Kern in seiner Frucht. Die Kleine wimmert leise, und da ist er wieder, der leuchtende Ring. Schmiegt sich um Daniel, als er zu den beiden ins Bett krabbelt.

Wir verabreden, dass wir uns bald treffen, und ich gebe Maiken einen Kuss auf die Wange. Sie riecht anders als früher, genau wie ich es vorhergesehen habe.

»Passt gut aufeinander auf«, sage ich.

Dann wende ich ihrer kleinen Familie den Rücken zu und gehe in den Sommer hinaus.

Rosa und ich sind auf dem Weg durchs Aquarium, wir sind inzwischen so miteinander verschmolzen, dass uns niemand entdeckt. Wir bieten uns gegenseitig Tarnung, und ich trage sie an die Brust gedrückt zur Tür hinaus. Ich glaube, unsere vier Herzen hämmern im Gleichklang.

Am Strand angekommen gehe ich in die Hocke. Und während Rosa sich mit sieben ihrer Arme an mir festhält, legt sie die Spitze des achten, neugierigsten Arms auf den Sand. Der Arm merkt, dass es sich gut anfühlt, und der Rest von ihr folgt. Ein letzter saugender Widerstand, dann löst sie sich. Gleitet wie von Zauberhand zum Meer.

Als die erste Welle über sie hinwegschwappt, kann ich das Salz im Mund spüren.

© Diana Juncher

Anne Cathrine Bomann, geboren 1983, arbeitet als Psychologin und lebt in Kopenhagen. Mit ihrem Debütroman *Agathe* (hanserblau 2019) gelang ihr ein weltweiter Erfolg.

Franziska Hüther ist Literaturübersetzerin und freie Dozentin. Für ihre Übertragungen aus dem Dänischen, Schwedischen und Norwegischen wurde sie mehrfach ausgezeichnet.